시인과 철학자의 유쾌한 만남

시인과 철학자의 유쾌한 만남
-감성과 이성

펴낸날	초판 1쇄 인쇄 2018년 6월 4일
	초판 1쇄 발행 2018년 6월 10일
지은이	고명수·강응섭
펴낸이	이방원
기 획	이윤석
편 집	김명희·강윤경·홍순용·윤원진
디자인	손경화
마케팅	최성수
펴낸곳	세창출판사
	신고번호 제300-1990-63호
	주소 03735 서울특별시 서대문구 경기대로 88 냉천빌딩 4층
	전화 02-723-8660	팩스 02-720-4579
	이메일 edit@sechangpub.co.kr	홈페이지 http://www.sechangpub.co.kr
ISBN	978-89-8411-762-4 03800

이 도서의 국립중앙도서관 출판시도서목록(CIP)은 서지정보유통지원시스템
홈페이지(http://seoji.nl.go.kr)와 국가자료공동목록시스템(http://www.nl.go.kr/kolisnet)에서
이용하실 수 있습니다. (CIP제어번호: CIP2018017007)

감성과 이성

시인과 철학자의 유쾌한 만남

고명수·강응섭 지음

세창출판사

시작하며…

출발은 마음에서 시작되었습니다. 어느 철학자가 '시간은 시인의 손끝에서 다시 태어난다'며 강물처럼 흐르는 시인의 감성을 예찬하였습니다. 우리는 그런 시인의 감성이 어떻게 시로 나타나고 철학은 이런 시를 어떻게 일상으로 풀어낼지가 궁금하였습니다. 이러한 생각으로 처음 기획을 제시하였을 때, 두 분의 곤혹스러운 표정이 떠오릅니다. 아마도 기존과 다른 책에 대한 부담감과 함께 겸양의 마음이셨을 것으로 생각됩니다.

대학교수이며 시인이신 고명수 선생님은 "제가 보편적인 시인의 마음을 보여 줄 수 있을까요?" 걱정과 기대를 하셨습니다. 또한 대학교수이며 정신분석학을 연구하시는 강응섭 선생님은 "아직 가야 하는 길이 멀다고 생각합니다"라며 걱정하시던 기억도 납니다. 상대방을 전혀 모르던 두 분이 책이라는 인연으로 만나게 되었습니다. 그러면 지난 2년여 기간 동안 글로써 상대방을 응시한다는 것은 어떤 마음일까요? 저자이신 고명수 시인은 처음에 이런 의문을 던져 주셨습니다.

"시인과 철학자, 이 둘은 서로 비슷하면서도 전혀 다른 존재입니다. 둘은 공통으로 말을 다루는 일을 합니다. 말을 통해 사물과 정신과 마음을 드러냅니다. 시인이 비유와 상징의 언어로 자신의 마음을 형상화한다면, 철학자는 자신의 사상을 개념의 언어로 풀어냅니다. 이제 같은 말(언어)을 사용하면서도 그것을 운용하는 방식이 서로 다른 두 사람이 대화를 나눕니다. 과연 이 대화는 이어질 수 있을까요?"

책의 내용은 대화의 형식을 빌렸지만 '시(詩)'를 중심으로 한 각자의 이야기입니다. 한 저자의 글만 읽어도 충분한, 그런 책입니다. 한 분야에서 창작과 연구를 하는 서로 다른 개인이 시와 철학으로 만나 서로의 마음을 들여다보는 대화입니다.

저자들은 그 분야를 대표하는 사람은 분명 아닙니다. 하지만 자부심과 엄밀함으로 자신만의 영역을 가진 창작자이자 연구자입니다. 나오는 시들은 멋들어진 문구를 가진 시가 아닙니다. 그저 곱씹을수록 담백함과 친근함이 묻어나는 시입니다. 그리고 심오하고 어려운 철학이 아닙니다. 진솔함과 배려가 있는 철학입니다.

어쩌면 우리는 시와 철학이라는 큰 주제를 너무 작게 다루었다고 꾸중을 들을 수도 있습니다. 하지만 크게 보고 넓게 다루는 것만이 좋을까요? 작지만 큰 모습을 담은, 부분이지만 전체로 통

하는, 그런 이야기고 싶습니다. 사람과 사람, 생각과 생각의 교차
점을 보고자 합니다. 그래서 수많은 사람과 생각이 오고 가는 사
거리에서 무작정 이 책을 기다렸는지도 모릅니다. 모쪼록 독자
여러분도 저희와 같은 마음으로 시와 철학을 만나 주시길 바랍
니다.

'감성과 이성' 기획편집자 드림.

시란
도대체 무엇일까요?

고명수

공자께서는 마당에서 만난 아들에게 요즘 시를 읽느냐고 묻습니다. 그리고 이어 "시를 모르는 자와 마주하는 것은 마치 꽉 막힌 담장을 마주하는 것과 같다"고 말합니다. 시가 무엇이길래 공자께서는 시를 그렇게 중시했을까요? 여기서 시를 모르는 사람이란 아마도 감성이 닫혀 있는 사람을 의미하는 것이겠지요?

그렇다면 시란 곧 마음의 물꼬를 틔우는 것일까요? 말(언어)이라는 것이 사람의 생각과 감정을 드러내는 수단이지만, 또한 분절의 체계이자 사물을 구분 짓는 수단도 됩니다. 따라서 모든 언어는 결국 '경계의 언어'가 될 수밖에 없는 한계를 지닙니다. 그러므로 사람은 말을 배우는 순간 경계에 갇히게 됩니다. 경계는 곧 고정관념이자 분별심이기도 하지요. 단어와 상징 그리고 사고란 곧 경계를 짓는 행위이며 분별심의 다른 이름일 것입니다.

그러나 사람이 궁극적으로 도달하고자 하는 실재(實在, reality)에는 경계가 없다고 말합니다. 동서양의 현자들이나 신비가들이 공통적으로 이 실재가 이름과 형상, 언어와 사고, 구분과 경계 너머에 있다고 강조합니다. 이를 이름하여 진여(眞如), 공(空), 법계(法界), 도(道), 브라만, 지고의 신 등으로 부르기도 하는데, 이 것들은 모든 경계 너머에 놓여 있다고 말합니다. 예컨대 진여의 세계에는 선도 없고 악도 없으며, 성자도 죄인도, 탄생도 죽음도 없다는 것입니다. 왜냐하면, 이곳에는 경계가 없기 때문이지요 (Wilber, 1979).

우리는 분절화의 체계인 언어라는 것이 얼마나 인간의 사고력과 상상력을 차단하고 있는지를 알아야 합니다. 불완전하기 짝이 없는 언어체계로 인하여 분절되고 고착된 우리의 고정관념의 벽을 깨뜨리고, 그 태초의 무한한 의미의 세계로 환원시킴으로써 우리가 잃어버렸던 생활과 정신의 자유를 되찾아 주는 일이 시를 쓰는 일이고, 이러한 일을 하는 이가 곧 시인일 것입니다.

모든 예술은 눈에 보이지 않는 세계를 눈에 보이게 드러내 보여 주는 것이 아닐까요? 음악은 소리로, 미술은 색깔로, 무용은 몸짓으로, 그리고 문학은 언어로 그 일을 하지요. 문학이란 결국 언어로 '삶이란 이런 것이다'고 뭔가를 보여 줍니다.

소설이 꾸며 낸 이야기를 통해서 그것을 보여 준다면, 시는 마음속 깊은 곳에서 솟아오르는 '참말'을 자기만의 암호체계로 말합니다. 그것도 이미지(心象)라는 매개를 통해 넌지시 간접적으로 드러내지요. 어쩌면 이것이 시의 매력인지도 모르겠습니다. 미당 서정주 시인은 시의 이러한 매력과 특성을 「시론(詩論)」이라는 시를 통해 보여 준 바 있습니다.

시에서는 하고 싶은 말을 다 해서는 안 된다는 것, 즉 정말 하고 싶은 말은 남겨 두라는 것이지요. 마치 제주해녀가 제일 좋은 전복은 제일 기쁜 날인 '님 오시는 날' 따다 주려고 물속 바위에 붙은 채로 남겨 두듯이 말입니다. 말을 아끼고 절제하는 곳에 시의 매력이 존재한다는 것을 보여 준 것이지요. 시인은 왜 이처럼 말을 빙 돌려서 눙치고 에둘러 말하는 것일까요? 그것은 아마도 재미있어서일 것입니다. 또한, '사람을 기운 나게 하는 말하기의 한 방식'이며 '즐거움의 한 생산방식'(『시와 함께』, 1998)이기 때문일 것입니다. 먹고 사는 문제를 해결하고 남아도는 에너지를 가지고 인간은 놀이를 합니다. 시를 쓰는 것도 일종의 놀이라고 할 수 있습니다. 그래서 하위징아*는 시를 비롯한 모든 문화와 예술이 '놀이'에서 시작되었다고 그의 명저 『호모루덴스』에서 설파한 바 있지요.

시에서의 언어는 단순한 의사소통의 수단인 1차원적인 언어가 아닙니다. 시는 그윽하고 함축적인 언어로 뭔가를 보여 주기 때문에, 시인들은 일상어에서는 고려하지 않아도 되는 말의 색감, 뉘앙스, 리듬까지를 충분히 고려하여 언어를 고르는 것입니다.

---

* 요한 하위징아(Johan Huizinga, 1872-1945)는 네덜란드 태생의 역사가이자 철학자이다. 대표적 저술로 『중세의 가을』(1919), 『에라스무스』(1924), 『문화사에의 길』(1930), 『호모 루덴스』(1938)가 있다.

그래서 영국의 비평가 리차즈(I. A. Richards)는 시를 일컬어 "인간이 만들어 낸 말하는 방식 가운데 최상의 완전한 방식으로 말하는 것"이라고 규정하기도 했습니다. 여기서 예술가인 시인의 계산과 도박이 시작되는 것인지도 모릅니다. 다음은 졸시 「비단잉어사」입니다.

비단잉어사는 봄이 오면 물을 대고 연못을 만든다
산란의 때를 기다려 알을 받고 수정을 시킨다
무늬가 선명치 못한 것은 몇번이고 걸러낸다
한달이 가고 일년이 가고 삼년이 갈 동안
걸러내고 또 걸러낸다, 그리하여 마침내
붉고도 희고 검은 무늬가 절묘하게 조화된
투명한 비늘의, 유연한 몸짓의
비단잉어 한 마리 만든다

그리하여 마침내 품평회에 내어 놓는다
- 「비단잉어사」.

시인은 한 편의 시를 쓰기 위해 때를 기다릴 줄 알아야 합니다. 그냥 기다리는 것이 아니라 물을 대고, 연못을 만들고, 알을 받고, 수정을 시키고 '무늬가 선명치 못한 것'들을 걸러 내며 많은 시간을 기다린 끝에 '붉고도 희고 검은 무늬가 절묘하게 조화된'

한 마리의 비단잉어를 만날 수 있겠지요. 그때 가서 '품평회'에 내놓아도 늦지 않을 것입니다. 예술의 세계에서는 과일이 완전히 무르익고 난 뒤에 시장에 내다 팔아도 늦지 않는데, 간혹 성급한 이들은 익지도 않은 과일을 시장에 내다 팔려고 안달을 합니다. 그런 의미에서 시란 곧 '욕망의 절제'인 동시에 마음의 수양이며, 시를 쓰는 행위는 곧 마음을 닦는 방법의 하나가 아닐까 합니다.

시란 하나의 발견이자 발명입니다. 삶이란 무엇인가? 인간이란 무엇인가? 이 우주와 자연의 이법(理法)은 무엇이며, 그 속에 담긴 비밀은 무엇인가? 이러한 질문들에 대해서 시인들은 자기 나름대로의 답을 찾아냅니다. 그리고 그것을 밀도 있는 언어에 담아서 독자에게 제시하지요. 그래서 시는 하나의 거울과도 같습니다. 독자들은 시인이라는 고감도 안테나를 지닌 사람들이 포착해서 보여 주는 세계의 비밀을 그 거울을 통해 어렴풋이나마 비춰 보고 알게 됩니다. 예컨대 다음의 시처럼 말입니다.

죽는 날까지 하늘을 우러러
한 점 부끄럼이 없기를
잎새에 이는 바람에도
나는 괴로워했다
별을 노래하는 마음으로
모든 죽어가는 것을 사랑해야지
그리고 나한테 주어진 길을

걸어가야겠다

오늘 밤에도 별이 바람에 스치운다

- 윤동주, 「서시」 전문.

위의 시를 읽는 독자들은 「서시」라는 거울을 통해 자신의 마음
을 비춰 보게 됩니다. 이 시의 구조는 과거시제-미래시제-현재시
제의 구조로 되어 있습니다. 즉 지난날의 삶을 회고하고, 앞으로
의 삶을 다짐하며, 현재의 삶의 괴로움을 토로합니다. 시의 화자
는 '한 점 부끄럼 없'는 양심적인 삶을 살아가려고 노력했으며, 자
신의 도덕적 이상인 '별'을 추구하며 무상한 모든 존재를 사랑하
겠다고 다짐합니다. 그리고 자신의 운명을 받아들이고 나아가겠
다고 결심합니다. 마지막 연에서 시인은 일제 강점기라는 암울한
시대('밤')의 한가운데 서 있는 자신의 모습을 보여 줍니다. 단 한
줄로 시인은 자신의 운명을 요약하고 있습니다. 자신이 추구하
는 도덕적 이상이 '바람'으로 표상된 엄혹한 현실의 고통 속에서
흔들리고 있음을 토로하고 있습니다. 이러한 모습은 개인에 따라
강도의 차이는 있겠지만 어쩌면 시대를 넘어선 보편적인 삶의 진
리가 아닐까요?

이제 언어의 장벽을 넘어 눈에 보이지 않는 마음의 세계를 찾
아 긴 여정을 시작하려 합니다. 마음의 물꼬를 틔우고 언어의 장
막에 가려진 진여의 세계, 혹은 실재의 세계를 찾아서 떠나보려

합니다.

샤갈의 마을로 갔다

초록눈의 집들 너머로

흰눈썹황금새의 울음이 보이고

나는 마을 안 호숫가,

금난초 은난초 만발한 뜰에서 졸다가

산이 부르는 소리에 놀라 깬다

그러나 산은 아직 보이지 않는다

나루터에 이르자

弘忍(홍인)과 헤어지는 慧能(혜능)이 보인다

이제 제가 저어가겠습니다, 스승님

나도 얼른 그 배에 몸을 싣는다

문득 바다가 보이기 시작한다

파란 바다 위로

멀리 마라산이 우뚝하다

가파른 삶의 벼랑 끝

성에선 축제가 한창이다

16

황홀이란 말이 왜 생겼을까?

보이지 않는 세계가 이렇게 넓다니!

- 「城으로 가는 길」.

시란 마음의 전복을
따는 일이었습니다

6시 20분에 해가 떠서 6시 20분에 해가 진다는 추분 아침, '시란 도대체 무엇일까요?'란 메일을 받았습니다. 봄에 예정된 원고였는데, 인고의 시간을 거쳐 이렇게 가을에야 받게 되었습니다. 그래서 더 남다른 느낌이 들기도 합니다.

"아^^ 고맙습니다. 이제 제가 바통을 넘겨받았네요. 추분에 받은 서신이라 그런지 시인과 철학자가 똑같은 선상에서 유쾌하게 대화하는 그런 느낌을 받습니다. '고맙습니다. 애쓰셨다'고 전해드리고 싶습니다. 이제 원고를 열어 보겠습니다"라고 답장을 보내고 설레는 마음으로 원고를 보았습니다.

그 순간, 저는 '과연 시인은 철학자에게 어떤 말을 하고자 이렇게 긴 여름을 보냈을까!' 긴장되었습니다. '혹시 내가 답 못할 어떤 내용이 담겨 있지는 않을까?' 내심 걱정이 되기도 했습니다. 그런데 만나 뵌 적이 없는 시인은 마치 저를 잘 알기나 하는 듯, 제가 고민하고 줄곧 생각해 온 그런 실마리를 풀어놓았습니다.

시인은 가장 본질적인 것을 서두에서 말합니다. '말(언어)로 마음의 물꼬를 틔우는 것', 그것을 시(詩)라고 제시합니다. 그러니까 말이 사물을 구분(경계) 짓기도 하고, 마음도 가른다는 것입니다. 이 말에 따르면, 말이 있기 전에는 사물을 구분 짓는 일이 없고, 마음을 가르는 일도 없다는 것입니다. 구분도 없고 가르는 것도 없는 상태였다는 것입니다. 그런데 사물을 구분하는 일이 생기고, 마음을 가르는 일이 발생한 것입니다. 그것은 말 때문입니다. 말이 사물을 구분 짓고 마음을 가르면서 사물과 마음이 나뉘게 된 것입니다. 저는 이것을 〈사물-말 개념〉 〈사물-이름 개념〉 또는 〈말 개념〉 〈이름 개념〉이라고 부릅니다.

이런 개념은 플라톤의 저작 『크리톤』*에서 시작하여, 서양 중세의 스콜라학을 집대성한 토마스 아퀴나스의 『신학대전』을 거쳐, 현대 언어학을 태동하게 한 소쉬르의 『일반언어학 강의』에 이르기까지 오랜 세월 동안 전개되어 왔습니다. 11세기 후반의 캔터베리의 주교 안셀무스(Anselmus)**는 이 개념을 설명하기 위해 화가의 비유를 들었습니다. 화가는 자신이 그릴 것을 구상하고 (a′) 그것을 화폭에 담는데(a′′), 이것들의 토대는 머리에 구상하

---

* 고대 그리스의 철학자 플라톤의 짧은 대화편으로 소크라테스와 그의 친구 크리톤과의 대화가 담겨있다.
** 이탈리아의 철학자로서 스콜라 철학의 아버지로 불린다. 영국에서 캔터베리 대주교를 지냈으며 존재론적 신의 증명과 십자군 원정에 반대한 것으로 유명하다.

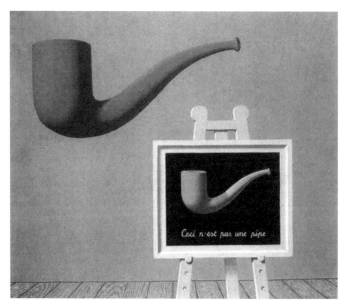

『두 개의 비밀』(The Two Mysteries, 1966), 르네 마그리트(René Magritte),
브뤼셀, 이시 브라쇼 미술관(출처: google image)

기 이전에 실제로 있는 어떤 것(a)이라고 말합니다. 이때 '실제의
사물'과 머릿속에서 구상한 것을 화폭에 옮겨 놓은 '명명된 사물'
간의 관계를 논하게 됩니다. 이것을 〈사물-말 개념〉, 〈사물-이름
개념〉이라 말할 수 있습니다.

　중세시기에 이 개념은 '신 존재 증명(神 存在 證明)'을 위해 사용
되었습니다. 현대에 와서도 르네 마그리트가 「이미지의 배반(La
trahison des images, 1929)」이란 제목의 그림에 파이프를 그려 놓고
는 "이것은 파이프가 아니다"라고 명기했고, 조셉 코수스(Joseph

Kosuth)도 「하나와 세 의자(One and Three Chairs, 1965)」라는 작품에서 진짜 의자가 무엇인지를 질문하였습니다.

이렇게 말(이름)은 나뉜 사물과 마음을 다시 만나게 해 주는 일을 합니다. 이 말을 다루는 이가 바로 시인이요, 또한 철학자입니다. 이런 의미로 앞에서 시인은 "시는 말로 마음의 물고를 틔우는 것이다"라고 말하고 있습니다. 또한, 사물과 마음을 가른 것도 말이고, 이 둘을 잇는 것도 말, 그리고 이렇게 말로 시를 쓰는 것이라고 설명합니다. 더욱이 이 일을 하는 이가 바로 시인이라고 말합니다.

즉, 말로 인해 사물이 갈라지고, 마음이 나뉘었고, 말로 사물과 마음을 이을 수 있다면, 말을 다루는 일은 사물과 마음을 다루는 일이고, 정신을 다루는 일이 아니겠습니까? 이 일을 하는 이는 비단 시인이나 철학자뿐만이 아닐 것입니다. 말의 이런 속성을 알고 말의 기능에 대해 고민하는 이는 누구나 이 일을 한다고 볼 수 있을 것입니다. 시인이 말하듯, 현자들이나 신비가들은 '이름과 형상, 언어와 사고, 구분과 경계' 너머에 있는 실재(사물)를 겨냥한다고 합니다. 과연 그 너머에 있는 실재에 도달하는 방법은 무엇일까요? 탄생도 죽음도 없고, 성자도 죄인도 없고, 선도 악도 없다고 하는 그곳에 갈 수 있는 길은 무엇일까요? 이렇게 치열한 일을 해야만 말을 다루는 일을 한다고 말할 수 있을까요? 그렇지 못하다면 그냥, 단순히, 말하는 기계 정도의 사람이 되는 것일까요?

사물과 마음이 이어져 있는지, 끊어져 있는지 어떻게 알 수 있을까요? 현미경이나 CT, MRI 등으로 알 수 있을까요? 첨단 장비로도 보이지 않는 것이 있습니다. 이렇게 '눈에 보이지 않는 세계를 보이게 드러내 보여 주는 것', 이것을 시인은 "모든 예술"이라고 말합니다. 마음속 깊은 곳에서 솟아오르는 '참말'을 '자기만의 암호체계로 말'하는 것이 〈시〉라는 것입니다. 말로 인해 마음이 갈라졌다고는 하지만 마음은 무엇인가를 말하고자 하는데, 시인은 그것을 '참말'이라고 말합니다.

시인은 저 너머 실재에 도달하는 길은 시를 쓰는 것이라고 말하는 듯합니다. 그렇다면 무슨 시여야 할까요? 어떤 시여야 할까요? 다시 말해 그런 시를 쓰는 시인은 누구여야 가능할까요? 인간의 정신을 다룬 정신분석가 라캉은 '(꽉)찬말'과 '(텅)빈말'에 대해 언급했습니다. 분석수행자(Analysant, 분석주체)가 분석가(Analyste)에게 진실을 말할 때 '(꽉)찬말'을 한다고 말합니다. 그렇다면 분석수행자는 '참말'을 하는 시인과 견줄 수 있을 것입니다. 자기도 모르는 자신의 마음에 있는 어떤 것을 '(텅)빈말'로 채우다가, 분석가의 도움을 받아 '(꽉)찬말'로 내놓는 분석수행자는 인고의 시간 속에 잉태한 '(꽉)찬말'을 내놓는 시인이라고 부를 수 있을 것입니다.

앞서 시인은 미당 서정주의 「시론(詩論)」을 언급하셨습니다. 이 시를 찾아서 읽어 보니, '물속바위에 붙은그대로 남겨 둔' '전복'을 말하면서, '님오시는날'을 위해 그것을 남겨 두는 해녀처럼, 미당께서도 그것을 '바다에두고 바다바래여' 하는 이라고 말합니다. 저는 이 시를 풀이하는 것을 듣고 참으로 감격에 휩싸였습니다. 시는 '물속바위에 붙은그대로 남겨둔' '전복'을 둘러싸고 씌인다는 것입니다. 시인은 '마음바위에 붙은그대로 남겨둔 전복' 같은 어떤 것을 둘러싸고 시를 쓴다는 것입니다. 그렇다면 시인마다 각자의 마음바위에 붙여 두고 따지 않는 전복이 있을 것입니다. 미당은 그것을 '詩의전복'이라고 말합니다. '詩의전복도 제일좋은건 거기두어라'고 말합니다. 참으로 깊은 울림이 있는 표현입니다.

시인은 각자 자신의 '詩의전복' 마음바위에 붙이고 있는데, 그것을 '다캐어내고 허전하여서 헤매이리요?' 바다바위에 남겨 둔 것이 있기에 자꾸 물질을 하기 위해 깊고 어두운 물속으로 들어가서 노는 해녀처럼, 시인도 자기 마음바위에 붙여 둔 것이 있기에 자꾸 그 속으로 들어가서 물질하며 노는 존재라는 것입니다. 이것이 시인의 일이며 그 일의 산물이 시라는 것입니다. 그렇다면 해녀가 그 전복을 딸 때가 올까요? 해녀가 기대하는 '님오시는 날'은 언제일까요? 시인은 그 전복을 언제 딸까요? 그 전복을 따는 날, 시인은 어떤 마음일까요?

미당이 전복을 따는 해녀에 시인을 비유했듯이, 시인은 비단잉어를 기르는 「비단잉어사」, 「城으로 가는 길」에 노 젓는 배에 올라탄 승객에 비유합니다. 제가 시인의 작품 「비단잉어사」에서 깨달은 것은 시인이란 비단잉어를 철저하게 연구하는 사람이라는 점입니다. 심지어는 최상의 비단잉어를 만들기 위해 수많은 실험을 거듭하는 과학자와도 같습니다. 「비단잉어사」를 통해 시인이 제시하는 '시인'이란, 철저하게 계산하고 도박에서 이기기 위해 '절제된 욕망의 승부사'가 되어야 함을 알게 됩니다. 마치 파스칼이 동전 던지기 확률 게임을 통해 종교적 구원을 설명하면서 사람 속에 있는 도박을 설명한 것처럼, 시인도 자신에게 내재한 그런 심성을 글쓰기라는 노동을 통해 시 한 편을 만든다는 것을 알게 됩니다.

또한 제가 「城으로 가는 길」에서 본 것은 '진여의 세계, 혹은 실재의 세계를 찾아서' 떠나는 이의 마음입니다. 시인의 눈은 언어의 장막을 벗은 듯 '하얀눈' 대신 '초록눈'을 말하고, 새의 울음을 '듣는' 대신 그 소리를 '보고', '산이 부르는 소리'를 듣습니다. 시인에게 '산' 중의 '마라산'은 '詩人의전복'처럼 찾고자 것이 있는 곳일까요? 파란 바다 위에 우뚝한 마라산은 전복을 품은 바다의 반대편에 위치합니다. 미당의 전복은 바닷속 깊은 곳에 있고, 시인의 '진여의 세계' '실재의 세계'는 산꼭대기 가파른 벼랑 끝에 있는 성(城)에 있는 것일까요? 그 성에서는 어떤 일이 있을까요? '가파른 삶의 벼랑 끝'에서 한창인 '축제'가 '황홀'한 이유는 무엇일까요? '언어의 장막'을 벗으면 '보이지 않는 세계'에 대해 느낄 수 있는지요?

홍인(弘忍)과 헤어진 혜능(慧能)은 스승의 노를 받아 젓습니다. 때로는 미풍이 불고 때로는 강풍이 불 테지요. 바다는 바람에 따라 그 모습을 하겠지요. '오늘 밤에도 별이 바람에 스치운다'는 시구가 귓가에 맴돌 즘, '오늘 밤에도 배가 바람에 스치운다'고 말할 때도 있겠지요. 시인의 '언어의 장막'을 벗겨 '진여'와 '실재'의 세계, '눈에 보이지 않는 마음의 세계'로 안내하는 것은 눈에 보이는 혜능의 노 젓는 힘일까요?, 아니면 어디서 와서 어디로 가는지 알 수 없는 '바람'일까요?

시에서 사용하는 언어는 사전에서는 찾을 수가 없습니다. 시인은 하나의 시어를 고르기 위해 '말의 색감, 뉘앙스, 리듬까지' 고려한다고 하는데, 이 과정이 참 궁금해집니다. 이런 과정을 통해 만들어진 시는 '인간이 만들어 낸 말하는 방식 가운데 최상의 완전한 방식으로 말하는 것'이라고 합니다. 이래서 시를 그냥 나오는 것이 아니라 만들어 냈다고 말하는가 봅니다. 그렇다면 시는 어찌 보면 참 인위적인 작업입니다. 그래서 시인은 말하길 "여기서 예술가인 시인의 계산과 도박이 시작되는 것인지도 모릅니다"라고 합니다.

그냥 나오는 줄로만 알던 시 한 편이 눈에 보이는 것 이면에 있는 눈에 보이지 않는 것, 언어 이면에 있는 언어 이전의 것과의 관계에서 나온다니, 한 편의 시는 인간의 정신을 보여 주는 '거울'이며 '언어활동처럼 짜인 무의식'과도 같다는 생각을 하게 됩니다. 그래서 「서시」를 읽으면서 우리를 비춰 보고, 비친 모습을 통해 우리의 무의식을 보게 되는 것이겠지요.

시인의 자세는
어떠해야 할까요?

지난번에는 '시란 무엇인가?', 즉 시의 본질에 대한 저의 생각을 주로 말씀드렸지요. 소박한 저의 생각을 담은 글을 깊이 있고 진지하게 읽어 주시고, 나아가 또 다른 생각 거리를 던져 주심에 감사드립니다. 시인들은 대개 비본질적인 삶의 허상을 떠나 본질적인 삶을 추구합니다. 라캉의 말을 빌려 말해 본다면, 시란 일상을 떠도는 '(텅)빈말' 즉 '공허한 말'을 벗어나 '(꽉)찬말' 즉 '충만한 말'을 찾아가는 것이 아닐까 생각합니다. 공허한 말들은 영혼을 찢어지게 하고 '틈'을 만들어 냅니다. 이렇게 공허한 말로 인해 찢어진 영혼의 틈을 꿰매고 상처를 치유하는 것은 결국 몇 마디의 '충만한 말'들이겠지요. 그것이 곧 시(詩)이고 문학(文學)이 아닐까 생각합니다.

삶의 상처를 치유하는 이러한 충만한 말들은 성서나 불경을 비롯한 종교적인 텍스트, 시나 소설, 혹은 수필과 같은 문학적인 텍스트, 다양한 연설문이나 철학적 텍스트 속에도 있을 것입니다. 인간은 말로 인해 가장 많이 상처를 받고 괴로워하지만, 그것을 치유하는 것 또한 말이기 때문입니다. 시인들은 남달리 감수성이 예민하고 마음이 여려서 누구보다도 상처를 많이 받는 존재들이지요. 그러한 상처들이 쌓여 한(恨)을 만들고, 한이 동력이 되어 시를 쓰게 하는 것이 아닐까 생각됩니다. 결국, 상처가 마음의 지도를 만들어 가는 것이지요. 상처가 없다면, 혹은 한이 없다면 시를 쓸 이유가 없지 않을까 합니다. 뭔가를 쓰고자 하는 절실한 마음은 그저 생기는 것은 아닐 테니까요.

　삶의 유한성과 존재의 무상함에 대해, 베일에 가려진 세계와 존재의 비밀에 대해 시인들은 누구보다도 더욱 절실하게 느끼고 궁금해 하는 존재들일 것입니다. 그래서 시인들은 지구별에 처음 온 '어린왕자'처럼 사물을 낯설게 보고 새로운 언어로 표현하고자 하는 것이겠지요. 존재와 세계의 비밀에 대한 궁금증은 시인들로 하여금 끊임없이 질문을 던지게 합니다.

목숨의 팔만대장경 어디엔가
숨겨진 얼굴이 있다
문자에 가려져 잘 보이지 않는 얼굴,
사람에게는 보이지 않는 얼굴이 있다
행복한 순간에만 살짝 나타나는 얼굴이 있다

삶의 그늘, 찌든 계곡 속에 숨어 있다가,
해맑은 웃음 사이로 잠간 나타났다가는

가뭇없이 시간 속으로 사라지는 얼의 모습

사진관에 가서 여러 컷을 찍어 보아도

그 얼의 굴은 도무지 보이지 않는다

사진이란 사람을 온전히 보일 수가 없는 법,

찰나로 변해가는 어느 지점에 셔터를 누를 것인가

적중의 플래시를 터뜨릴 것인가

칠백만 화소는커녕

천만 화소를 잡아낸다는

최첨단 카메라로도 안 잡히는 얼굴,

사람의 참 얼굴은 어디에 숨어 있는 것인가

앨범 속 어느 갈피에선가

잠시 나타났다가 사라지는 얼굴,

흐린 눈으로는 도무지 잡히지 않는 얼굴,

초고속 디지털 카메라로도 잡을 수가 없는,

사람에게는 술래처럼 꽁꽁 숨은 얼굴이 있다

- 「숨은 얼굴」.

무상한 삶의 순간순간을 살아가다가 시인은 어느 순간 하나의 사물을 통해 새로운 발견을 하게 됩니다. 그리고 그것을 시로 쓰게 됩니다. 위의 시에서 화자는 '얼굴'이라는 대상을 통해 질문을 던지고 있습니다. 얼굴은 사람의 '얼'이 깃들어 사는 '굴'이 아닐까요? 사람들은 저마다 수천 개의 얼굴을 지니고 있어서 순간순간 다른 얼굴을 보여 줍니다. 가끔은 숨겨진 얼굴이 잠깐 나타났다가 사라지곤 하지요. 흐린 눈으로는 잘 보이지도 않습니다. 그래서 시인은 반복해서 질문을 던집니다.

최첨단카메라로도 잘 안 잡히는 그것, 사람의 참 얼굴은 어디에 숨어 있는가? 사람의 마음이 끊임없이 변해 가는 가변적인 것이므로 '나'란 혹은 '자아'란 것도 고정불변의 실체일 수가 없을 것입니다. 그래서 어느 철학자는 '과정 중의 주체'라는 말을 사용했고, 셰익스피어의 희곡 『리어왕』에서 주인공이 "내가 누구인지 말할 수 있는 자는 누구인가?"라고 외친 것이 아닐까 합니다.

사물과 존재의 비밀을 드러내기 위해서는 무엇보다도 일상의 흐린 눈을 밝혀야 하는데, 그것은 삶의 경험 속에서 빛나는 어느 한순간에 발견할 수 있을 것입니다. 그래서 시는 하나의 발견이라고 할 수 있습니다. 다음의 졸시에서 '겨울 냉이'는 결국 시인을 비롯한 모든 예술가의 표상으로 시인이나 예술가가 지니고 살아가야 할 삶의 자세가 아닐까 생각해 봅니다.

폭풍한설에도
혼신의 힘을 다해 냉이는 자란다
낙엽과 지푸라기 아래 숨어 봄을 기다리는 냉이,
행여 들킬세라 등 돌리고 있는 냉이를

더듬더듬 찾아내어 검불을 뜯어낸다

봄내음이 나는 냉이국을 먹으며
낙엽과 지푸라기 속에서도 목숨을 지켜
마침내 싹을 틔워낸 냉이를 생각한다
가파른 삶의 벼랑 위를 조심조심 걸으며
혹한의 추위 속에서도 봄을 기다리는 냉이를 보라
서슬 푸른 정신으로 살아야 하리라
서슬 푸른 눈으로 찾아야 하리라

겨울 냉이가 자신을 이기듯이
몰래 숨어 자란 냉이가
온몸을 우려내어
시원한 된장 국물이 되듯이
우리도 누구엔가 시원한
국물이 되어보아야 하지 않겠는가?

소수서원 돌담길에도
하이델베르크 철학자의 길에도 숨어있을 냉이,
환한 한 마디의 말씀이
오랜 궁리와 연찬에서 솟아나듯이
청빙(淸氷)을 뚫고

겨울 냉이는 자란다

- 「겨울 냉이」

남몰래 모색하고 고민하며 '낙엽과 지푸라기'의 현실을 견디는 존재, 그러한 엄혹한 현실 속에서, 즉 가파른 삶의 벼랑 위에서도 기꺼이 목숨을 지켜 싹을 틔워 내는 존재가 시인을 비롯한 모든 예술가가 아닐는지요? 특히 시인은 언어를 다루는 예술가이기에 '서슬 푸른 정신으로', '서슬 푸른 눈으로' 환한 한마디의 말씀을 찾아야 할 것입니다. '환한 한마디의 말씀'을 만나는 순간은 황홀한 순간이고, 기쁨과 구원의 순간일 것입니다. 그 한마디의 말을 만나기 위해 우리는 책을 읽고 글을 쓰는 것은 아닐는지요?

그러므로 그것은 '소수서원의 돌담길'이나, '하이델베르크 철학자의 길' 언저리에 숨어 있을 것입니다. 또한, 그것은 '오랜 궁리와 연찬'을 거쳐야 만날 수 있는 것입니다. 그러할 때 그것은 누군가에게 온몸을 우려내어 시원한 된장 국물이 되는 겨울 냉이처럼 누군가의 마음의 물꼬를 틔워 주는 것이 되겠지요.

지난번에 언급한 미당 서정주의 시 「시론」에서 등장한 '시의 전복'은 삶의 곳곳에 널려 있는 것인지도 모르겠습니다. 다만 우리의 눈이 흐려서 안 보일 뿐이겠지요? '빛나는 시의 전복'을 따기 위해서 시인은 삶의 '가혹한 수압'을 이겨 내야만 합니다. '터질 것 같은 숨'도 참아 내야 할 것입니다. 인생의 전복이나 시의 전복은 쉽게 딸 수 있는 것이 아니기 때문입니다.

이 고요한 곳에

참으로 많은 것을 숨겨 두셨구나

너를 서리해오기 위해서는

이 가혹한 수압을 이겨내야 한다

터질 것 같은 숨을 참아내야 한다

너는 바위 등짝에 아기처럼 달라붙어

떨어지려 하지 않는구나!

아뿔싸, 인생의 전복도 그와 같아서

쉽게 딸 수 없는 것을

말미잘이며 홍합이며 해삼을 캐느라

시간 가는 줄 몰랐네,

사랑하는 것들을 남겨 두고

나는 참으로 멀리도 왔구나

다시 돌아가지 못한들 어떠리

어차피 우린 한번은 헤어져야 하는 걸

나는 오늘도 이 적막한 바다 속을 헤맨다

빛나는 전복 하나 따 보려고

- 「전복서리」.

인생의 전복이나 시의 전복은 왜 쉽게 딸 수가 없을까요? 그것은 아마도 "말미잘이며 홍합이며 해삼"과 같은 유혹들을 쉽게 떨쳐 버릴 수 없었기 때문은 아닐는지요? 그런 것들은 감각적 쾌락의 옷을 입고 우리를 늘 매혹시킵니다. 특히 다정다감한 시인들은 '사랑하는 것들'이 너무도 많아 이러한 유혹에 쉽게 흔들리기도 합니다. 그래서 때로는 심원한 시의 세계에 닿는 일이 늦추어지기도 하지요.

지난번 인용했던 졸시 「城으로 가는 길」은 중국 불교의 선서(禪書)인 『육조단경(六祖壇經)』의 내용을 모티브로 한 것입니다. 『육조단경』은 한 편의 드라마처럼 박력 있게 전개되는 선사들의 이야기를 담고 있습니다. 특히 5조 홍인대사와 6조 혜능대사의 이야기는 매우 유명한 선가의 일화이지요.

영남에 살던 무지렁이 혜능이 노모를 모시고 살던 중, 기주 황매현의 홍인대사가 유명하다는 말을 듣고 설법을 하시는 동선사를 한 달여 만에 힘들게 찾아갑니다. 그리고 우여곡절 끝에 법을 이어받는데, 이때 그 유명한 게송(偈頌: 석가여래의 공덕을 찬미하는 노래)이 등장합니다.

보리는 본래 나무가 없고 (菩提本無樹)
밝은 거울 또한 거울이 아니다. (明鏡亦非臺)
본래 아무것도 없는데, (本來無一物)
어디에 먼지가 앉겠는가? (何處惹塵埃)

이 게송을 보고 스승은 새벽 세 시경에 몰래 제자를 불러 법을 전하고 몸소 구강역까지 가서 떠나보냅니다. 빈손으로 왔다가 빈손으로 가는 인생에서, 따지고 보면 본래 아무것도 없는데, 너무도 많은 사람이 집착과 분별심을 일으키고, 경계를 짓고, 망상을 일으켜서 싸우고 이 세상을 어지럽게 하는 것은 아닐까요?

시인도 '본래 아무것도 없는' 맑은 마음의 거울로 사물을 비추고 존재의 비밀을 탐구하여 언어의 '새싹'을 세상에 나누어 주는 존재가 되어야 할 것입니다. 그렇게 되기까지는 많은 시간이 걸리겠지요. 6조 혜능이 진리를 펼치기까지는 사냥꾼들 틈에 숨어서 십수 년의 오랜 기다림을 견뎌 내고서야 가능했지요. 마찬가지로 시인에게도 오랜 기다림이 필요합니다. 가장 시인다운 삶을 살다간 시인 라이너 마리아 릴케는 『말테의 수기』에서 진정한 시인의 자세를 이렇게 말합니다.

시는 언제까지나 기다려야 하는 것이다. 사람은 일생을 두고, 그것도 가능하다면 80년을 두고 꿀벌처럼 열심히 꿀과 의미를 모아야 하는 것이다. 그래야만 마지막에는 겨우 열 줄 정도의 훌륭한 시를 쓸 수 있는 것이다.

닭을 수천 번 그리다 보면 봉황도 하나 그릴 수 있을 테지요. 많은 시를 쓰고, 마지막에 열 줄 정도의 훌륭한 시를 남길 수만 있다면 그 시인은 성공한 시인일 것입니다. 키르케고르(S.

Kierkegaard)는 「디아프살마타(Diapsalmata)」에서 시인을 일컬어 "그 마음은 남모르는 고뇌에 괴로움을 당하면서 그 탄식과 비명이 아름다운 음악으로 바뀌게끔 된 입술을 가진 불행한 인간"이라고 정의한 바 있지요. 누군가 말했듯이 한 편의 좋은 시란 결국, 그 고유한 언어 절제의 아픔 속에서 삶이 시인의 성숙 안으로 열어 보이는 극묘(極妙)한 순간들을 포착하는 것일 것입니다. 그러므로 삶의 밀도와 언어의 밀도는 정비례하는 것인지도 모르겠습니다.

존재와 세계의 비밀, 혹은 사물의 본질에 대해 시인들은 궁금해 합니다. 사랑의 본질, 삶의 본질, 혹은 신의 본질, 부처의 본질은 뭘까요? 그것은 우리가 사후적으로 구성한 것일까요? 아니면 플라톤의 주장처럼 인간의 영혼이 육신에 들어오기 전에 살았던 이데아의 세계에서 이미 알고 있었던 본질, 즉 에이도스(ēidos)를 레테의 강을 지나오면서 망각의 강물을 마신 이래로 그것을 잊어버렸을까요? 그래서 레테의 강을 거슬러 올라가는 상기(想起, anamnēsis)를 통해서만이 에이도스를 다시 볼 수 있는 것일까요? 그것은 육체적 감각이 아닌 순수한 정신의 작용에 의존해야 하는 것일까요? 만약 그렇다면 그것은 지나치게 사변적이어서 관념 과잉으로 우리를 유도하는 것은 아닐는지요?

이처럼 개체의 본질은 개체를 초월한다는 플라톤의 입장에 비해 경험세계를 강조하는 플라톤의 제자 아리스토텔레스는 개체의 본질이 개체에 내재한다는 입장을 취합니다. 이 둘은 모두 본질이라는 것이 필연적으로 존재한다고 생각하는 듯합니다. 그러나 공(空)을 강조하는 불교사상의 관점에서 보면 본질을 의미하는 자성(自性)이라는 것이 없다고 보기 때문에 본질로 인한 구속과 억압, 집착을 벗어나는 자유를 추구합니다. 앞에 인용했던 6조 혜능의 게송에서처럼 "본래 아무것도 없는데, 어디에 먼지가 앉겠는가?", 즉 본질이라는 것 자체가 없는데, 무엇을 찾고 무엇을 닦겠는가? 그렇다면 본질이란 결국 자기 스스로 구성한 것일까요?

또한, 인간은 언어를 통해 사유하는 존재이니, 언어가 인간의 존재를 드러내는 거의 유일한 통로가 되기 때문에 언어가 '존재의 집'이라는 하이데거의 말은 수긍이 갑니다. 그리고 본질이라는 것이 하나의 언어적 관습에 불과하다는 동양적 통찰은 수많은 선사의 문답과 게송을 통해서도 확인이 됩니다. 하지만 무의식이 언어처럼 구조화되어 있다는 라캉의 입장에 서면 사물의 본질이라는 것 또한 언어처럼 구조화되어 있는 무의식적 투영에 불과한 것일까요? 끊임없이 본질적인 것을 추구하는 시인은 오늘도 상징계적인 아버지의 언어를 부수고 상상계적인 어머니의 언어를 향해, 혹은 실재계적인 사물의 언어를 향해 나아가려 하는 것은 아닐는지요?

마주하신 본질이
무겁게 느껴집니다

여러분은 SNS 문자를 보내고 무얼 하시나요?

어떤 문화평론가의 의견에 따르면, 문자를 보낸 후 아날로그 세대는 잠시 폰을 본다고 하고, 디지털 세대는 바로 다른 일을 한다고 합니다. 상대가 확인했는지 바라보는 아날로그 세대는 현재 이전의 시대에 관심이 있고, 곧바로 제 할 일에 몰두하는 디지털 세대는 현재를 사는 데 관심이 있다는 겁니다. 물론 그 상대가 누구인지에 따라 반응은 다를 것이지만 이 말은 분명 시사하는 바가 있는 듯합니다. 차 안에서 라디오 방송에서 들은 이 말이 오랫동안 저의 마음에서 메아리쳤습니다. 왜냐하면, 두 달이 넘도록 시인에게 답장을 못 하고 있었기 때문입니다.

답장을 하려면 편지를 읽어야 하지만, 저는 그동안 시인이 보내온 편지를 읽지 않았습니다. 시인의 편지를 전달해 주는 분의 글만 읽고 정작 시인이 쓰신 글은 읽지 않은 겁니다. 왜 그랬을까요? 저번에는 편지가 오자마자 곧바로 읽었는데, 이번에는 컴퓨터 바탕화면에 놓아 두고서는 마냥 시간을 보냈습니다. 변명하자

면 겨울 방학 동안 써야 할 글이 여럿 있었기에 시인의 편지를 꺼
낼 엄두를 내지 못했습니다. 단순하게 생각하면, 그냥 파일만 열
어 볼 수도 있었겠지만, 마음의 여유가 없는 상태에서 글을 읽고
시간을 보내기는 싫었던 겁니다.

2월의 어느 날 저녁, 서울 홍대 입구에서 열린 특강을 마치고
집으로 가는 전철에서 아직 읽지도 않은 편지에 답장을 썼습니
다. 늦어진 이유를 장황히 설명하고 양해를 구하는 답장이었습니
다. 이것으로 잠시간의 시간은 벌었지만 마음 한구석에 깃든 불
안함은 지울 수 없었습니다.

여러분은 시인의 편지를 받고 두 달이 다 되도록 파일을 열어
보지 않은 저를 이해하실 수 있으실는지요? 답장을 쓸 여건이 아
니라면 편지를 읽지도 말자는 저의 이런 심정을 받아 주실 수 있
으실는지요? 단언하건대 편지를 받고서 이리 오랫동안 봉투를
열어 보지 않은 건 핸드폰 요금청구서나 마트에서 온 쿠폰북뿐일
겁니다. 편지를 차분하게 대면하고, 편지가 전해 주는 첫 느낌을
간직하고, 그에 따라 충실하게 답장을 보내려는 저의 의도를 어
떻게 보아 주실는지요? 편지 답장이란 게 기간이 정해진 건 아니
지만 어느 정도가 적정할까요? 받은 문자에 답을 하지 않고도, 보
낸 문자에 답이 오지 않아도 불편해 하지 않는다면 디지털 세대
가 된 걸까요?

삼월의 첫 주가 시작되는 아침, 드디어 편지를 읽었습니다. 시
인이 보낸 편지 첫 구절은 '시인의 자세는 어떠해야 할까요?'였습

니다. 이 순간 든 생각은 '시인을 대하는 나의 자세는 앞으로 어떻게 해야 할까?' 어쩌면 저는 이제까지 시인을 대한 제 모습에 고민하며 편지 보기를 망설였는지도 모르겠습니다. 저는 편지에게 「나도 보이지 않는 곳에서 너만큼 기다렸다」(이생진, 2000)고 말해 주고 싶었습니다. 글을 열어 보지 않았을 때는 말을 할 수 없었지만 막상 글을 열고 보니 말이 툭툭하나마 나옵니다. 결국 시인과 철학자를 잇는 건 말뿐이구나 하는 생각을 하게 됩니다.

시인께서는 사물, 존재, 세계를 대하는 자세가 어떠해야 하는지 말씀해 주셨습니다. 그것이 시의 본질이라고 하셨습니다. 첫 번째 편지에서 '시란 무엇일까요?'라고 화두를 던지셨는데, 두 번째 편지에서는 '사물, 존재, 세계를 대하는 시인의 자세는 어떠해야 할까요?'라고 제시하셨습니다. 시인은 본질을 마주합니다. 시인은 사물의 본질, 존재의 본질, 세계의 본질을 마주합니다. 자신을 마주하고, 이웃을 마주하고, 생물을 마주하고, 무생물을 마주합니다. 따라서 시인은 명사를 마주하고, 동사를 마주하고, 형용사를 마주하고, 부사를 마주하고, 감탄사를 마주합니다. 또한 고유명사를 마주하고, 일반(보통)명사를 마주하고, 수량명사를 마주하고, 질량명사를 마주하고, 유정(有情)명사를 마주하고, 무정(無情)명사를 마주합니다.

시인이 마주해야 할 품사는 참으로 많습니다. 이렇게 마주하는 것이 많지만 정작 시인이 만나는 건 본질이 아닙니다. 시인이 인용하셨듯이, 릴케는 80살 생애에서 "겨우 열 줄 정도"만이 본질을 담는다고 말합니다. 그렇다면 '열 줄 이외의 모든 말'은 무엇일까요? 인생이 빈손으로 왔다가 빈손으로 간다고 하는데, 이 열 줄마저 가져갈 수 없는 것이라니, 본질은 무엇이란 말입니까?

시인은 본질에 관한 인류의 담론을 아주 잘 정리해 주셨습니다. 개체의 본질이 개체 밖에 있는지(플라톤), 개체 안에 있는지(아리스토텔레스), 단지 언어의 관습인지(선, 禪), 무의식의 투영인지(라캉) 의견을 주셨습니다. 그리고 시인이 본질에 관하여 관심을 갖고 '시작(詩作)'을 할 때 취하는 자세는 마치 라캉이 정신분석(Psych-analyse)에서 제시한 내담자의 자세와도 통하는 듯합니다. 라캉은 상담자를 일컬어 분석된 자(analyste), 내담자를 일컬어 분석수행자(analysant)라고 명합니다. 보통은 내담자를 피분석가(analysé)라고 표기합니다. 왜냐하면 상담가에 의해 분석되는 내담자가 상담가에 의존하기 때문에 과거분사형(é)으로 표기합니다. 하지만 라캉에 따르면, 내담자는 스스로 자신의 문제를 찾는 주체이기에 자신을 분석한다는 의미에서 현재분사형(ant)으로 표기합니다.

저는 시인의 자세와 내담자의 자세를 비교해 볼 수 있다고 생각합니다. 그런 의미에서 '시작(詩作)'은 정신분석 '기술(技術, Technique)'로 이어진다고 봅니다. 이 '기술'을 대중들에게 소개하기 위해 라캉은 1953년부터 공개세미나를 개최했습니다. 네 번째 세미나(1956-57년)의 주제는 '대상관계'였습니다. 이 세미나에

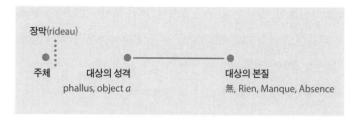

장막(rideau)

주체 대상의 성격 대상의 본질
phallus, object *a* 無, Rien, Manque, Absence

서 그가 제시한 도표 하나가 시인께서 설명해 주신 것을 담고 있습니다.

'장막도식'이라 불리는 이 도표는 '시작', '시 짓는 기술'에 관한 것으로 볼 수 있습니다. 여기서 주체는 '시작'의 주체인 시인입니다. 시인은 대상을 마주하면서 '시작'을 하는데, 대상 자체를 직접 마주할 수는 없습니다. 반드시 '장막', '커튼'을 통해야 합니다. 여기서 '장막'은 시인의 시 「숨은 얼굴」에 나오는 "문자"에 해당합니다. 시인은 "목숨의 팔만대장경 어디엔가 숨겨진 얼굴이 있"는데, 하필 그 얼굴은 "문자에 가려져 잘 보이지 않"다고 고뇌합니다. 무척이나 뵙고 싶은 얼굴이 있는데 그 얼굴은 "사람에게는 보이지 않는 얼굴"이라고 합니다. 하지만 "행복한 순간에만 살짝 나타나는 얼굴"이기도 하고 "잠깐 나타났다가는 가뭇없이 시간 속으로 사라지는 얼"이기도 하다고 합니다.

사라진 얼의 흔적을 찾을 요령으로 사진기로 찍어 봐도 얼이 달아난 "굴"을 찾을 수 없다는 겁니다. 제아무리 좋은 현대식 카메라를 들이대도, 최첨단 의학 기기로 들여다봐도 얼이 빠져나간 "굴"을 찾을 수 없다는 겁니다. "앨범 속 어느 갈피에선가" 늘 있던 그 얼굴이 왜 시인의 눈에는 "잠시 나타났다가 사라지는 얼굴"이 될까요? 세월이 흘러서일까요? 시인이 찾는 "사람의 참 얼굴은 어디에 숨어 있는 것인가"? "사람에게는 술래처럼 꽁꽁 숨은 얼굴이 있다"는데, 그 "얼굴은 사람의 얼이 깃들어 사는 굴"일까요? '굴' 속에는 문자가 우글거리겠죠! 박쥐처럼 천정에도 매달려 있고, 날개를 퍼덕이며 비행도 할 테지요.

라캉이 제시한 '장막도식'에서 두 점 사이를 잇는 선(線)은 시인이 말하는 "굴(窟)"입니다. 사물과 사물 사이의 터널입니다. 대상과 굴은 '장막' 너머에 있습니다. 대상에 접근하려면 대상의 성격이 무엇이며, 대상의 본질이 무엇인지 살펴봐야 합니다. 대상의 성격은 팔루스(phallus)이기도 하고 오브제 아(objet a)이기도 합니다. 그리고 대상의 본질은 무(無)입니다. 사물을 잘 살피려면 "흐린 눈으로는 도무지 잡히지 않"습니다. "초고속 디지털 카메라로도 잡을 수가 없"습니다. 그래서 눈을 밝혀야 합니다. 사물을 보는 눈을 맑히는 것이 바로 시인이 말하고자 하는 시인의 자세입니다. 시인의 「겨울 냉이」는 그런 삶의 자세를 보여 주고 있습니다.

라캉의 도표에서 볼 때, '대상의 성격'과 '대상의 본질' 사이의 '선' '굴'을 지나야만 '참 얼굴'을 볼 수 있습니다. 이것을 두고 라캉은 플라톤의 용어 '상기(想起, réminiscence)'로 설명한 바 있는데, 시인 또한 "상기를 통해서만이 에이도스를 다시 볼 수 있는 것일까요?"라고 질문합니다. 시인이 이해하는 상기는 "육체적 감각이 아닌 순수한 정신의 작용에 의존해야 하는" 것입니다. 그렇기에 플라톤식 상기는 "지나치게 사변적이어서 관념 과잉으로 우리를 유도"한다고 말합니다. 그렇습니다. 육체와 분리된 정신 작용만으로 상기한다면, 그럴 것입니다.

육체와 정신의 관계에 관해서는 예나 지금이나 논쟁이 뜨겁습니다. 육체와 정신이 분리된다고 하면 이원론이라고 하고, 연결된다고 하면 일원론이라고 말합니다. 넓은 의미에서 볼 때, 플라톤이나 데카르트는 이원론에 기반을 둔 사고를 하고, 아리스토텔레스나 스피노자는 일원론에 기반을 둔 사고를 한다고 말들 합니다. 라캉의 '장막도식'은 감각과 정신의 연결을 염두에 두고 있습니다.

대상의 성격은 '팔루스(phallus)'이기도 하고 '오브제 아(objet a)'이기도 합니다. 시인의 눈은 대상이 '팔루스' 성격을 갖는지, '오브제 아' 성격을 갖는지 잘 들여다봐야 합니다. 그렇기 위해 "서슬 푸른 정신으로 살아야" 하고, "서슬 푸른 눈으로 찾아야" 합니다. "청빙(淸氷)을 뚫고 (자라는) 겨울 냉이"처럼, 시인의 정신도 시인의 눈도 그렇게 냉철해야 한다고 말하고 있습니다. '팔루스'로서의 냉이가 "온몸을 우려내어 시원한 된장 국물이" 된 냉이라면, '오브제 아'로서의 냉이는 "행여 들킬세라 등 돌리고 있는 냉이", "낙엽과 지푸라기 아래 숨어 봄을 기다리는 냉이", "혹한의 추위 속에서도 봄을 기다리는 냉이"입니다. 그리고 '대상의 본질'은 무(無, Rien)입니다. 결핍(缺乏, Manque)입니다. 부재(不在, Absence)입니다. 팔루스와 오브제 아를 거쳐 다다른 대상이 무라고 하는 까닭은 '굴', '터널'을 지나기 때문입니다.

정리해 보자면, 주체가 장막 너머에 있는 냉이의 참 얼굴을 보려면, 뚝배기 안의 냉이에 멈추어서는 안 된다는 것입니다. 냉이의 참모습을 보려면, "봄내음이 나는 냉이국을 먹으며" 그리고 "가파른 삶의 벼랑 위를 조심조심 걸으며" 푸르고 푸른 정신으로 "낙엽과 지푸라기 속에서도 목숨을 지켜 마침내 싹을 틔워 낸 냉이를 생각"하고, 푸르고 푸른 눈으로 "혹한의 추위 속에서도 봄을 기다리는 냉이를 보라"는 것입니다. 냉이의 참모습에 다가가기 위해 시인은 뚝배기 속의 냉이를 먹으며, 시린 들판을 거닐고 있습니다. 이렇게 해서 틘 냉이의 싹은 시인으로 하여금 시인 자신을 보게 합니다. 시인의 자세가 어떠해야 하는지 겨울 냉이를 통해 배우는 것입니다.

시인이 대상(사물, 식물, 해물)에 접근할 때, 때로는 계절을 통해야 하고, 때로는 지형지물, 때로는 공기 없는 강한 수압을 통해야 합니다. 이런 역경의 세월 가운데 갖게 된 유혹들이 시인을 방해합니다. 폭풍 한설, 낙엽과 지푸라기, 벼랑, 바위, 말미잘, 홍합 등 너무도 많은 장애물이 도처에 도사리고 있습니다. 이런 일로 인해 대상의 본질에 닿는 시간이 지체된다고 말합니다. 이런 '팔루스'로 인해 시인은 '오브제 아'에 더디 가게 되고, '굴' 속에서 위치를 잃게 되는 것입니다. 시인은 컴컴하고 혼돈한 굴에서 비로소 본질과 대면합니다. 시인이 마주한 본질은 바로 굴의 본질입니다. 여러분이 상상하시는 굴의 세계, 상징계에서 이해하는 굴, 실재의 굴, 바로 그 굴이 시인이 마주하는 본질입니다.

시인은 이 본질을 뭐라고 썼을까요? 분석수행자는 이 본질을 뭐라고 말할까요? 시인은 아직 그것을 쓰지 못했을 수도 있습니다. 분석수행자는 아직 그것을 말하지 못했을 수도 있습니다. "그렇게 되기까지는 많은 시간이 걸리겠지요." 얼마만큼의 노력을 해야 할까요? 시인은 말합니다. "너는 바위 등짝에 아기처럼 달라붙어 떨어지려 하지 않는구나!" 바위에 붙은 전복을 따는 것도 힘들지만 "아뿔싸, 인생의 전복" 또한 만만치 않습니다. 시인의 인생은 전복 따는 삶의 역경을 언어로 표현하는 것입니다. 그래서 시인은 "삶의 밀도와 언어의 밀도는 정비례하는 것인지도 모르겠습니다"라고 고백합니다. 시인과 전복 사이에 엄청난 밀도가 있듯이, 상담가와 내담자 사이에도 보이지 않는 저항이 있습니다. 그래서 우선하여 라포(rapport, 관계)가 형성되어야 상담이 원활하게 이루어진다고 말합니다. '장막도식'에서 보듯이, 주체와 라포를 맺는 것은 대상입니다. 상담자와 내담자 사이에 라포가 형성되듯, 내담자와 대상 간에도 라포가 형성되어야 합니다. 이럴 때 분석수행은 이어지는(connecting) 것입니다.

라캉이 말한 "무의식이 언어활동(langage)처럼 구조화되어 있다"는 것은 해녀가 전복을 따면서 휘둘러 댄 발길질 같고 바위와 사투를 벌인 손질 같습니다. 바닷속의 전복을 따기 위해 해녀가 발길질과 손질로 격한 수압에 저항하는 것은 인생의 전복에 다가

서려고 시인이 몸부림치는 언어활동과도 같습니다. 해녀의 몸부림이 발길질과 손질로 나불대듯, 시인의 언어활동도 환유의 축과 은유의 축의 엮임으로 넘실댑니다. 이런 활동을 통해 전복이라는 대상의 본질은 비로소 재현(再現, représentation)됩니다. 언어활동처럼 짜인 무의식이 재현되는 것, 그것이 바로 "행복한 순간에만 살짝 나타나는 얼굴"이고 "앨범 속 어느 갈피에선가 잠시 나타났다가 사라지는 얼굴"입니다.

우리가 얼굴을 전혀 볼 수 없는 것은 아닙니다. 그렇다고 노상 얼굴을 볼 수 있는 것도 아닙니다. 살짝 볼 수 있고 잠시 볼 수 있을 뿐입니다. 이렇게 본 얼굴이 이어져서 우리가 생각하는 얼굴이 되는 것입니다. 우리의 눈에 어려 있는 상(像), 여러 겹의 상, 그 상들의 행렬, 그것이 얼굴입니다. 무수한 얼굴 상의 나열, 이것을 '기표의 고리'라고 라캉은 말했습니다. 기표의 고리는 주체를 재현합니다. 우리 눈에 어린 것은 우리 마음에 각인되고, 우리 마음에 박힌 것은 우리 몸과 엮입니다. 발길질과 손질을 하면서 몸은 대상을 감지합니다. 숱한 반복 동작을 거치는 가운데 우리와 대상 사이에 감지선(線)이 생깁니다. 이 선은 우리 몸과 정신을 잇는 정신줄입니다.

우리 몸은 베 짜는 베틀마냥 대상에 정신줄을 동여맵니다. 거미가 제아무리 솜씨를 부린들 사람 솜씨에 비기겠습니까? 시인은 시로 그 솜씨를 보이고 예술가는 예술로, 각 사람은 각 사람대로 그 솜씨를 보입니다. 그러고 보니 이토록 귀한 노작(勞作)을 하시는 시인을 어떻게 대해야 할지 감이 옵니다. 시인은 삼라만상을 상대로 집을 짓는 거미처럼 솜씨를 부리는 장인입니다. 하염없이 그 몸에서 말을 뽑아내는 언어의 진원지입니다. 라캉은 "태초에 언어활동이 있었다"고 말합니다. 언어활동에서 말이 나오고 말씀이 나옵니다. 시인은 전복 속에 감춰진 진주를 찾듯, 언어활동을 통해 새싹과 같은 시어(詩語)를 찾습니다. 그 시어를 마주하는 이는 실재를 경험합니다. 살짝, 잠시지만 실재와 만납니다.

디지털 세대에게 "살짝", "잠시"라는 부사는 참 친근합니다. 가볍게 보여서 그렇기도 하지만 접속 그 자체에 의미가 있기 때문은 아닐까요? 접속은 플러스와 마이너스 사이에 '공(空)'이 있음으로 발생합니다. 이런 기제로 전기 자극이 통하듯, '공'이라는 대상의 본질은 우리 존재 자체를 숙고하게 합니다. 구약성서 창세기 2장을 보면, 태초에 신이 흙으로 사람을 만들고 코에 바람을 불어넣자 '생령(生靈)'이 되었다고 합니다. 여기서 '생령'은 '네페쉬'라는 히브리어인데, 해부학적 의미에서는 '목구멍', 생리학적 의미에서는 '목마름', 문화적 의미에서는 '갈급함', 신학적 의미에서는 '사는 영'(프시케)을 나타냅니다.

즉, 스스로는 살 수 없고 누군가의 도움을 받아야만 되는 존재라는 의미입니다. 그 누군가는 타자(他者)입니다. 타자로서의 대상입니다. 타자로서의 사물입니다. 고독의 끝자락에서 시인이 보고자 하는 얼굴, 살짝 잠시 보고자 하는 얼굴, 그것은 바로 타자의 얼굴입니다. 몸에 증상을 지니고 사는 분석수행자가 찾는 타자는 누구겠습니까? '팔루스'적인 타자일까요? '오브제 아'적인 타자일까요? 아담과 하와가 찾은 건 선악과나무의 열매였습니다. 그들은 그것과 어떤 라포를 갖게 되었을까요? 에덴동산에서 추방된 후, 그들은 그와 비슷한 대상을 만날 때 어떤 자세를 취했을까요? 노아 홍수 이후에 사람들이 동물을 먹거리로 달라고 요청한 것은 식물 트라우마와 연관되는 걸까요?

아날로그 세대 때도, 디지털 세대 때도 우리는 사람 속에 묻혀 살고 있습니다. 그럴수록 사람은 사람과 살고 싶다고 외칩니다. 빈손으로 와서 빈손으로 가는 여정에서 함께하고픈 타자는 누구일까요? 시인은 저에게 그것을 생각하게 했습니다. 늦은 답장에 송구함을 감출 길 없습니다. 싹들의 시대, 봄입니다. 봄 냉이 맞으러 가는 봄입니다. 무수하게 고개 내미는 생명을 맞으러 나가는 봄길입니다. 시인은 이 봄을 어떻게 맞이하고 계실까요?

시인은 무엇을
노래해야 할까요?

2016년의 겨울은 참으로 긴 겨울이었습니다. 긴 어둠의 터널을 지나고 우리는 새봄을 맞이하고 있습니다. 개인의 삶도 마찬가지겠지만 역사의 페이지를 넘기는 일은 참으로 힘들었습니다. 어두운 밤의 시간을 떠나보내고 희망의 시간을 맞이하기까지 많은 사람은 추위와 눈보라를 이겨 내고 촛불을 밝혀야 했습니다. 그것은 어쩌면 역사의 참 얼굴, 잠시 모습을 감추었던 '숨은 얼굴'을 보기 위함이 아니었을까요?

선생님께서 말씀하셨던 "우리가 함께하고픈 타자"는 아마도 희망의 얼굴을 한 존재일 것입니다. 세상 곳곳에 가득 차 있는 암흑의 말, 상처를 덧나게 하는 어둠의 말이 아니라, "환한 한마디의 말씀"을 들려주는 사람일 것입니다. 이번 봄은 그런 봄인 것 같습니다. 파릇파릇 돋아나는 싹들의 시간, 몰래 숨어 목숨을 지켜 누군가에게 시원하고도 뜨거운 국물을 선사할 냉이 같은 시간을 맞이하고 있습니다. 그것은 어쩌면 우리의 우리다움, 나의 나다움을 되찾고 싶은 소망과 꿈의 시간일 것입니다.

헤르메스가 칼립소에게

오디세우스의 운명을 귀띔하듯이

그대여, 길을 알려 주게나

지금 암초에 걸려 나아가지 못하고 있네

나의 악보엔 음표가 너무 많아,

빠르기와 기교는 번잡을 부추기네

숨은 연주자여, 그대의 미는 힘이 필요하네

마음속의 공백을 건디지 못하여

길고 어두운 늪에 떨어져 있네

이 커다란 공백을 건디게 해 줄 이는 오직 그대뿐,

운명의 페이지 터너, 그대의 수혈이 필요하네

먼지를 일으키며 달려오는 코끼리를 향해

나는 이제 맞장을 떠야만 하네

혁명을 위해서라면 백 번을 자빠져도

일어나 싸워야 하는 법이지

풍요의 벼이삭이 흐드러진 들판 사이로

지체 없이 달려가야 하네

그러니 은폐되어 있는 다음 페이지를 조금만 보여주게나

마량과 한수를 이간시킨 조조처럼

인간의 욕망은 참으로 잔인한 것이네

소액의 저주를 박차고 나오지 못하여

도박사의 오류도 신뢰의 역설도 벗어나지 못했네

이 암울한 카지노에서 어서 벗어나고 싶네

스마트 폰과 길 도우미 사이에 거울반응이 있듯이

그대와 나 사이에는 거울신경이 있지 않은가?

그러니 그대여, 다음 페이지로 나를 넘겨주게

나의 '나됨'을 찾을 수 있도록 인도해주게!

- 「페이지 터너」

앞날을 알지 못하여 방황하는 시간은 참으로 괴로운 시간입니다. 그래서 운명의 페이지가 도무지 앞으로 넘어가지 않을 때 사람들은 우울해 합니다. 그럴 때 필요한 존재가 바로 '페이지 터너(page-turner)'일 것입니다. 운명의 페이지 터너가 필요할 때 우리는 절대자를 찾아 기도합니다. 길을 열어 달라고, 어두움을 견디게 해 달라고.

은폐된 운명의 페이지는 언제나 더디게 다가옵니다. 그러니 인간의 욕망이란 참으로 잔인한 것인지도 모르겠습니다. 그래서 운명의 카지노에 갇힌 사람들은 도박사의 오류나 신뢰의 역설을 간파하지 못하고 소액의 저주에 걸리기도 합니다. 이러할 때 시인들은 노래합니다. 희망의 시간을. 일제 강점기의 시인 윤동주는 시 「별 헤는 밤」에서 암울한 시대 현실 속에서도 꿈을 잃지 않고 희망과 동경의 노래를 들려주었지요.

계절이 지나가는 하늘에는

가을로 가득 차 있습니다.

나는 아무 걱정도 없이
가을 속의 별들을 다 헬 듯합니다.

가슴 속에 하나 둘 새겨지는 별을
이제 다 못 혜는 것은
쉬이 아침이 오는 까닭이요
내일 밤이 남은 까닭이요
아직 나의 청춘이 다 하지 않은 까닭입니다.

별 하나에 추억과
별 하나에 사랑과
별 하나에 쓸쓸함과
별 하나에 동경과
별 하나에 시와
별 하나에 어머니, 어머니,

어머님, 나는 별 하나에 아름다운 말 한마디씩 불러 봅니다.

소학교 때 책상을 같이 했던 아이들의 이름과 패, 경, 옥, 이런 이국
소녀들의 이름과, 벌써 아기 어머니된 계집애들의 이름과, 가난한

이웃 사람들의 이름과, 비둘기, 강아지, 토끼, 노새, 노루, '프랑시스
잠', '라이너 마리아 릴케' 이런 시인의 이름을 불러 봅니다.

이네들은 너무나 멀리 있습니다.
별이 아스라이 멀 듯이.

어머님,
그리고 당신은 멀리 북간도에 계십니다.

나는 무엇인지 그리워
이 많은 별빛이 내린 언덕 위에
내 이름자를 써 보고
흙으로 덮어 버리었습니다.

딴은 밤을 새워 우는 벌레는
부끄러운 이름을 슬퍼하는 까닭입니다.

그러나 겨울이 지나고 나의 별에도 봄이 오면
무덤 위에 파란 잔디가 피어나듯이
내 이름자 묻힌 언덕 우에도
자랑처럼 풀이 무성할거외다.

- 윤동주, 「별 헤는 밤」 전문.

소중한 것들, 아름다운 것들을 떠나보내고 마주한 암울한 식민지의 현실 속에서 시인은 한없이 부끄러워합니다. 부끄러운 이름, 부끄러운 자기 자신의 모습에 대해 슬퍼합니다. 그것은 아마도 거대한 어두움에 짓눌려 저항 한번 제대로 해 보지 못한 채 살아야 하는 자신의 처지에 대한 원통함 때문일 것입니다. 그러나 시인은 확신을 가지고 노래합니다. "겨울이 지나고 나의 별에도 봄이 오면/무덤 위에 파란 잔디가 피어나듯이/ 내 이름자 묻힌 언덕 우에도/ 자랑처럼 풀이 무성할거외다"라고. 자신의 미래에 대한 예감을 보여 주는 시인의 예언자적 지성의 면모를 볼 수 있습니다.

사람의 마음을 아프게 하는 것은 언제나 뾰족한 이데올로기들입니다. 그것은 폭압적인 제국주의의 모습으로, 혹은 보수니 진보니 하는 좌우 이념의 대립으로 나타나서 평화를 뒤흔들어 놓기도 합니다. 뾰족한 것은 안 된다고 압수하는 자들은 뾰족한 코를 한 서구 제국주의자들이고, 그들은 평화롭게 살아가는 사람들을 살육하고 식민지를 건설했습니다. 그러한 이데올로기들은 개인의 평화로운 일상을 무참히 짓밟곤 합니다. 뾰족한 것들이 원융무애(圓融無礙: 두루 통하는 상태)한 것으로 바뀐다면 일상의 평화도 다시 돌아올 수 있을 것입니다.

런던 히드로 공항에서

손톱 다듬기를 압수 당했다

뾰족하다는 것이 이유다

뾰족한 것은 무조건 안 된단다

(항상 뾰족한 것들이 문제다)

뾰족한 것들은 언제나

마음을 아프게 한다

뾰족한 코를 한 놈들의

잔인한 살육을 기억한다

문명의 탈을 쓴 야만이

얼마나 많은 인디오를 죽였던가

록키산맥을 우러르며

평화로이 살던 그들,

그들은 이제 빅토리아 시의

박물관의 모형집 안에서 탄식하며

웅얼웅얼 영혼으로 살아있다

공항 검색대를 통과할 때마다

노트북이 폭탄이라도 되는 양 꺼내보란다

카메라가 수류탄이라도 되는 양 눌러보란다

이봉창 열사의 도시락 폭탄도

주먹밥 수류탄도 아닌데 말이다

이런 젠장, 몸을 한번 부르르 떤다

평화를 깨뜨리는

뾰족한 이데올로기들...

거만한 제국주의자들의 호들갑서슬에

코털 깎던 작은 가위도 함께

커다란 자루에 던져졌다

자루 안이 그득하다

뽀족한 놈들 때문에

평화로운 나의 일상마저 일그러진다

뽀족한 자들의 횡포가

나에게까지 이르다니

내 이것들을 구부려보리라

금강망치로 두드려

모난 것들을 구부리면

원융무애한 세계가 올까마는,

나는 나의 모든 뽀족한 것들을 구부려

원융무애의 이데올로기를 만들어 본다

- 「뽀족한 것들이 문제다」

그러나 현실 속에는 뽀족한 이데올로기를 지닌 인간들로 가득
합니다. 특히 산악지대가 많은 풍토 때문인지 한국인들은 극단적
인 이데올로기 추종자들이 많은 것 같습니다. 탄핵과 대선을 거
치면서 저는 마음이 편치 않을 때가 참으로 많았습니다. 탄핵 찬
성파와 반대파들의 대립, 보수 세력의 후보와 진보세력 후보가
서로 다투는 대선 토론 방송을 보면서 과연 저들은 구국의 열사

인가, 아니면 자기의 이익을 위해 쇼를 하는 모리배, 소인배들인
가 헷갈릴 때가 많았습니다. 그래서 투표를 포기하고 기권을 할
까도 생각했었지요. 그냥 "독을 품고 가시를 품고 화두를 품고"
비틀거리며 살아가는 것이 옳은 길일까요?

밴댕이회를 먹으며

밴댕이의 속에 대해 토론했다

밴댕이는 소갈머리가 좁고 얕은

소인배의 무리인가

아니면 심지가 굳고

안이 뜨거운 열사인가

은백색의 배를 뒤집으며

죽어가는 밴댕이들

밴댕이는 한심한 나라를 구하려고

맨땅에 몸을 내던지는

열사의 무리인가

청흑색 등을 구부리며

연신 굽실거리는

소인배의 무리인가

모든 사물은 종시

판단을 내리기가 어려우니

그냥 물 흐르듯 흘러가되

독을 품고 가시를 품고 화두를 품고

비틀거리며 살아갈 수밖에

만선식당에서 밴댕이회를 먹으며

빈 배로 떠날 때도 울었으면

만선으로 닿을 때도 울 줄 알자*며

하염없이 노래 부르던

한 마리 갈매기를 불러 본다

- 「만선식당에서」

    우리는 왜 "빈 배로 떠날 때도 울었으면 만선으로 닿을 때도 울" 줄 아는 한결같은 마음을 가지지 못할까요? 밴댕이와 같이 이해관계를 좇아 당을 옮겨 다니는 무리를 볼 때 저는 왜 그렇게 그들이 슬퍼 보였는지 모르겠습니다. 그렇게 좁은 소견을 지닌 자들이 왜 그리 교언영색(巧言令色)은 잘하는지. 공자께서는 그런 자들 속엔 어진 이가 없다고 하시면서, 오히려 강직하고 의연하며 말이 어눌한(剛毅木訥) 자들이 어진 이들이라고 한 말씀이 사무치게 다가왔습니다. 그래서 저는 이제부터 좌든 우든, 가진 자이든 못 가진 자이든 모두 슬픈 존재들이니 포용해 보기로 하였습니다.

---

* 정공채, 「갈매기 우는구나」.

손님맞이하듯이

너를 맞는다

슬픔이여,

넌 언제나 어린애같이

칭얼대며 달려오는구나!

두려움을 내려놓고

이젠 너를 안으마, 울음을 그치렴,

환히 빛나며 사라지는 저녁놀 바라보듯이

맑은 찻잔 위에 떠 있는

잘 마른 국화꽃을 바라보듯이

내 너를 바라본다

하우스푸어의 허무한 가계부나

빛이 보이지 않는 여의도에

난마처럼 얽힌 인연들을

우두커니 응시하노니

내 이제 조용히

너를 감싸 안으마,

그러니 더는

책망하지 마려무나

삶이여!

-「포옹」.

슬픔은 언제나 어린아이같이 칭얼대며 다가오곤 합니다. 아이
는 아마도 뭔가가 두렵고 불안하여 우는 것이겠지요. 시의 에너
지는 세속에서 우러나지요. 지루하고 평범한 일상 속에 삶의 두
려움과 슬픔이 고스란히 묻어 있는 것이니까요. 경제의 불안, 정
치의 혼란, 부조리한 삶의 모든 것들을 조용히 감싸 안아 주는 일
말고는 제가 할 수 있는 일이 별로 없을 것 같습니다. 그래서 저
는 시인은 무엇을 노래해야 할까요? 하는 질문을 다시금 던져 봅
니다. 이데올로기는 하나의 관념이자 규범적 신념체계입니다. 그
것은 하나의 해석의 틀에 불과한 것인데 말이죠. 이데올로기들은
대체로 뾰족한 것 같습니다. 모가 나 있습니다. 그러므로 그것이
생활 속으로 침투해 들어올 때면 일상의 평화는 산산조각 나기
십상입니다. 그러므로 우리는 이데올로기 앞에서 늘 조심해야 합
니다. 특히 시인에게는 극복의 대상입니다.

한 시인이 진정한 예술가라면 자신이 가진 이데올로기를 뜨거
운 용광로 속에서 녹여야 합니다. 그래서 구체적이고도 명징한
이미지로 드러내야 하지요. 생경한 관념을 나열할 때 우리는 선
전선동문학, 이른바 프로파갠더 문학의 함정에 빠지고 말지요.
이데올로기는 때로 순진한 사람들을 분열시키고 맹목으로 이끌
어 비극을 초래하기 쉽습니다. 20세기를 둘로 갈라놓았던 공산

주의 이데올로기가 같은 민족을 둘로 나누고, 오래 지녀 왔던 전통을 무참히 파괴하고 수많은 희생자를 양산함과 아울러 구체적인 삶을 피폐화시켜 왔음은 두루 아는 사실입니다. 그래서 저는 편협한 이데올로기를 거부합니다. 원융무애한 삶의 구체성과 세목들을 너무도 사랑하기 때문입니다.

이러한 저의 생각은 철학의 어떤 곳에 닿아 있을까요? 저의 작품들은 기본적으로 동아시아적 사유의 전통에 닿아 있는 듯합니다. 그것은 거의 체질적으로 양극단을 극복하고 화해시키는 중용과 중도의 철학, 혹은 원효의 이른바 화쟁(和諍)의 철학을 근저에 깔고 있는 게 아닌가 생각할 때가 많습니다. 그것은 어쩌면 20~30대에 서구의 아방가르드 예술과 모더니즘의 철학에 심취했다가, 중년에 접어들면서 동양학의 세계에 매료되어 천착해 온 저의 지적 여정과도 어느 정도 연관이 있을 듯합니다. 이분법적 사고에 입각한 '경계의 언어'가 지닌 한계를 넘어서 궁극적 실재에 가 닿고자 하는 저의 지향과도 관계가 있을 듯합니다. 선악을 넘어선 인간의 세계, 무경계의 세계를 지향하는 낭만적 동경의 기질, 혹은 저의 취향이 작시의 배경에 작용하는 것은 아닌가 생각할 때가 많습니다. 그래서 이러한 취향이 지닌 문제점은 없을까 저어하기도 합니다.

시인이 노래하신
갈매기의 이름이 궁금합니다

무경계를 지향하신다는 시인의 말을 듣고 절로 떠오른 생각은 '이름'입니다. 제 이름을 두고 경험한 것이 시인께서 닿아 있는 곳과 유사하여 오늘은 이름에 관해 생각해 보게 됩니다.

제 이름은 강응섭입니다. 한자로 姜應燮입니다. 姜은 아버지로부터 물려받은 성씨이고, 應燮은 부모님이 지어 주신 이름입니다. 이 이름은 '조화를 이루어야 한다(ought to harmony)'라는 뜻을 담고 있습니다. 중학교에 들어가 한자를 배우면서 이름이 가진 의미를 알게 되었습니다. 이름이 가진 뜻을 알 즈음, 저는 성격(personality)에 한창 근육을 붙였던 것 같습니다. 그래서 이름이 가진 의미를 실현하기 위해, 제 성격이 이름처럼 되도록, 이름 그 자체는 아니라 할지라도 그와 유사한 것이 되도록 애썼던 것으로 기억됩니다.

하지만 부모님은 제 이름을 지으실 때, 앞서 제가 이해했던 방식과는 달랐었을 수도 있습니다. 그런 부모님께 이름의 의미를 물어보지 못했습니다. 왜 그 질문을 하지 못했었을까요? 아버지는 제가 그런 생각을 할 능력이 되기도 전에 이미 이 세상을 떠나셨습니다. 그리고 어머니와도 마지막 여행이 되었던 어느 날, 우리 모자는 상하이 공항에서 파리행 연결 항공편을 8시간 동안 기다리고 있었습니다. 긴 기다림 속에 이런저런 이야기가 오고 갔지만 정작 이름에 관한 이야기는 하지 못했습니다….

또한, 당시는 신앙생활을 열심히 하던 때라 교회서 듣던 성서의 말과 내 이름이 갖는 의미가 성격 형성에 큰 영향을 끼쳤습니다. 그런 과정을 거치면서 의식적으로 성격이 내 이름에 걸맞은 것이 되도록 노력한 것 같습니다. 세월이 흘러 직장 생활을 하게 되면서 동료가 붙여 준 별칭이 '보혜사'였습니다. 보혜사는 누군가의 사정을 대신 알려 주는 대변인, 변호사 등과 통하는 용어입니다. 그렇게 별명처럼 누군가가 말하지 않고, 말 못하고 있는 부분이 있으면 자처해서 그 말을 해 주는 일을 하곤 했습니다. 또 그것이 '조화를 이뤄야 한다'는 이름에 걸맞게 사는 거로 생각했습니다.

이처럼 저는 하지 않아도 될, 하지 말아야 할 부분까지 신경을 쓰며 살고 있었습니다. 하지만 그런 모습을 돌아보게 되고, 성격이 그렇게 된 데는 이름의 의미를 따르려는 제 의도(Intention)가 자리하고 있었습니다. 이름을 쉽게 바꿀 수 있는 시대이고 가족이나 지인 중에도 이름을 바꾸는 이가 있지만, 저는 한 번도 이름을 바꾸겠다는 생각을 한 적은 없습니다. 대신에 이름을 다르게 해석해야겠다 마음먹었습니다.

'조화'는 대응하는 상대와 마냥 좋은 관계가 되는 데 있는 게 아니라는 생각입니다. '조화'는 관계 속에서 상대와 조정하는 것이고, 상대와의 조정 관계를 통해 자신이 되는 것으로 알고 있습니다. 그래서 'harmony'는 때로 'des-harmony'가 될 수도 있다고 생각했습니다. 그렇게 생각을 하게 되니, 여러 면에서 자유롭게 되었습니다. 자유란 묶였던 것에서 풀릴 때 찾아오는 감정이며, 그에 따른 삶의 변화이지 않습니까?

이렇게 이름의 의미를 다르게 해석하고 보니, 나에게 붙은 이름이 나를 규정하던 것에서 벗어나 또 다른 나와 만나게 되었습니다. 같은 이름이지만 그 이름을 해석하는 차이에 따라 나는 또 다른 내가 된 것입니다. 이전에 나(Ich, Ego, I)라는 실재(le réel)에 붙은 이름(le symbolique, signifiant)은 나의 됨됨이(l'imaginaire, signifié)가 되어 성격을 좌지우지했었습니다. 하지만 이름의 의미를 바꾸어 생각해 보니 나의 됨됨이가 다르게 나타나고 그에 따른 내 행동에도 변화가 생겼습니다. 아마도 고심 끝에 자신의 이름을 바꾸어 본 사람은 이런 경험을 겪었지 않았을까요?

자신을 묶고 있던 동아줄에서 벗어나 새로운 몸으로 태어난 느낌을 받았을 것입니다. 성서를 보면, 이름이 바뀌는 경우가 자주 나옵니다. 여기서 이름을 바꾸는 주체는 '신'(神) '하나님'입니다. 성서에서 보여 주는 '신'은 한 인간이 더는 이름의 뜻으로 살 것이 아니라 신이 개입하는 의도 안에서 살아갈 것을 예견하면서 그에게 새로운 이름을 부여합니다. 가령, 아브람에서 아브라함, 사래에서 사라, 야곱에서 이스라엘, 사울에서 바울로 바뀐 예가 그러합니다. 아브람의 경우를 보면, '높음의 아버지'에서 파생된 '고귀한 아버지'라는 뜻을 지니고 있습니다. 하지만 하나님이 개입하신 후에는 '무리의 아버지', '열국의 아버지', '조상의 아버지'라는 뜻의 '아브라함'이 됩니다.

놀라운 것은 '신'도 자신의 이름을 갖고 있으며 의미를 지닙니다. '신'이 스스로 자신의 이름을 알려 준 것에 따르면, '예흐에 아쉐르 예흐에'입니다. 이 말은 보통 '스스로 있는 자(I am who I am)'이라고 번역되는데, 뒤에 나오는 단어 'am'은 미완료형으로 번역되어야 바른 번역이 됩니다. 왜냐하면 'am'은 히브리어 동사 '하야'의 미완료 형태를 번역한 것이기 때문입니다. 동사 변화가 발달한 프랑스어에서도 보면 'Je suis qui je serai'입니다. 인간의 이름이 명사인 것과는 달리 신의 이름은 동사(動詞)로 이뤄져 있습니다. 우리가 알듯이 동사는 움직이는 것입니다. 이처럼 신의 이름이 명사가 아니라 동사라는 것은 의미하는 바가 매우 큽니다.

'스스로 있다'는 것은 '미래에 있게 된다의 현재에 있다'는 뜻이 됩니다. 이름이 실재를 재현하면서 실재를 보여 준다고 볼 때, 신의 실재는 '미래에 있게 된다의 현재에 있다'를 보여 주는 것입니다. 보통 '재현'은 과거의 것이 현재에서 나타나는 것입니다. 하지만 신의 경우 '신의 재현'은 '미래에 있게 된다'의 '현재에 있다'로의 재현입니다. 이것은 미래가 우리의 현재에서 재현되는 것이

신이라는 것입니다. 재현(再現, re-presentation)은 히브리어 be 동사 '하야'의 움직임에 대한 한 단면을 결과적으로 표현하는 것입니다. 다시 말해, '있다, 존재하다'는 동사가 시공간에서 역할을 하면 흔적을 드러내는데, 그것이 '재현'입니다. 과거가 재현되는 것이 역사라면, 미래가 재현되는 것은 무엇이라 말할까요?

미래의 재현은 '희망'이라고 볼 수 있습니다. 미래마저 '절망'이라면 우리는 더는 기댈 곳이 없습니다. 에른스트 블로흐(Ernest Bloch)는 전쟁과 갈등을 겪은 터전에 『희망의 원리(Das Prinzip Hoffnung)』(3권, 1954-59)를 던졌습니다. 이 담론 위에 위르겐 몰트만(Jurgen Moltmann)은 『희망의 신학(Theologie der Hoffnung)』(1964)을 제시했습니다. '과거의 재현'이 보여 주는 것이 '모든 아님(all not)'이라면, '미래의 재현'이 보여 주는 것은 '아직 아님(not yet)'입니다. "희망의 얼굴"은 아직 모습을 보이지 않았지만, 분명히 그 모습을 보일 때가 있을 것입니다. "이러할 때 시인들은 노래합니다. 희망의 시간을".

윤동주는 "부끄러운 이름" 뒤에 '덮어 버'린 이름을 갖고 있었습니다. 그 자신을 명명하는 이름이 부끄러웠을 때, 그는 자랑스러운 이름을 흙 속에 묻고는 벌레가 그 이름을 부르게 했습니다. "부끄러운 이름을 슬퍼하는 까닭"에 "딴은 밤을 새워 우는 벌레"가 부르는 이름, 노래하는 이름은 미래에 다시 들려질 이름입니다. 그래서 시인은 이 노래를 "희망과 동경의 노래"로 듣습니다. 시인에게 벌레의 울음은 과거의 재현이라기보다 미래의 재현으로 읽히는 겁니다. 이름이 실재를 부르는 것이고, 소리 내어 부르는 이름이 실재라면, 이름은 노랫말이요, 정신말(psychonoma, psychovoμa)입니다. 저는 여기서 '정신말'이라는 단어를 만들어서 사용하였습니다. 이 '정신말'은 깊디깊은 심연에서 부르는 이름일지라도 부르는 자와 실재가 통한다는 것을, 그 노래를 부르면 암울한 재현에 스며 있는 희망과 동경을 찾게 된다는 것을, 미래에서 현재로 재현될 희망의 정신, 희망의 말이라는 것을 보여 주기 위해 만든 용어입니다.

성서를 보면, 신의 이름을 "부르라"고 말합니다. 신의 이름을 부른다는 것은 노래한다는 것입니다. 종교적인 용어로 노래한다는 것은 '찬송하다, 찬양하다'입니다. 이름을 부른다는 것은 실재를 노래하는 것입니다. 실재를 재현하고 실재를 대면하는 것입니다. 괴로울 때 우는 것도 실재를 부르는 것이며, 기쁠 때 울고-웃는 것도 실재를 노래하는 것입니다. 신 앞에서 인간이 할 수 있는 건 신을 노래하는 일뿐, 그 이상 무엇이 있을 수 있겠습니까?

시인은 "왜 빈 배로 떠날 때도 울었으면 만선으로 닿을 때도 울 줄 아는 한결같은 마음을 가지지 못할까요?" 탄식하면서 「만선식당에서」를 지으셨습니다. 슬퍼서 울고 기뻐서 울고-웃는 것은 마치 신앙의 모습처럼 보입니다. 또한 그것은 예술을 대하는 자세이기도 합니다. 이름을 가진 대상을 그리거나(시각예술), 쓰거나(문학), 부르거나(청각예술), 표현(행위예술)하는 모습이기도 합니다.

2017년은 500년 전, 세계 종교사에서 대단한 의미를 가졌던 해입니다. 그래서 그 의미를 되새기고자 여러 곳, 여러 분야에서 그 의의를 조명하고 있습니다. 500년 전 당시 가톨릭 수사였던 루터는 자신이 속한 아우구스티누스 수도원 방식으로 신을 노래하는 것이 더 이상 기쁘지 않았습니다. 그래서 그는 새롭게 노래하고 더 기쁘게 노래하고 싶었습니다. 그가 했던 것은 'Re, Formation' 이었습니다. 이처럼 그가 의도했던 '다시, 구성하기'는 미사와 미사 때 행해졌던 노래, 설교, 헌금, 기도, 그리고 그것들이 삶에 침투하여 사람을 옥죄인 여러 요소에 겨냥되어 있었습니다. 하지만 그는 이런 방식으로 신을 향한 노래를 할 수 없었습니다.

새로운 노래를 하고 싶었습니다. 그래서 그가 새로운 노래를 하게 되면서, 노래하는 신의 이름, 부르는 신의 이름에 변화가 생겼습니다. 그는 신의 이름을 '다시, 구성'했습니다. 잃어버렸던 이름의 의미를 '다시, 되찾'은 겁니다. 500년 후 오늘, 지금 이대로 이름을 노래하는 데에 편함을 느끼지 못하는 이가 많습니다. 그래서 다시금 이 이름을 부르는 것에 대하여 숙고하고 있습니다.

앞에서 시인은 '시인은 무엇을 노래해야 할까요?'라며 질문하며, 자신이 처했던 경계를 어떻게 살펴왔는지 말합니다. 특히, 2016년 10월부터 2017년 5월에 이르는 시기는 경계의 시기였습니다. 누가 나누지 않았더라도 광장에는 기운이 다른 곳이 있음을 알 수 있는 시기였습니다. 지금, 하나의 물결로 합쳐졌다고 볼 수는 없지만, 그래도 "페이지 터너"로 인해 다른 국면으로 넘어가게 되었습니다. 비록 '페이지 터너'지만 굴곡진 곳이 없게 넘겼더라면 모두에게 좋았겠지만, 주름만을 깊게 남겼습니다. 향후, 굴곡진 부분을 펴 보고자 애쓰겠지만 예전처럼 되지는 않을 겁니다.

경계는 이처럼 구겨지고 주름 잡힌 상태입니다. 뾰족한 것끼리 부딪치면 깨지기도 하고 굴곡지기도 할 겁니다. 그때 발생한 열로 휘어지고 무너져 내리기도 할 겁니다. 화로에 여러 개의 쇳덩이를 넣고 풀무질한 후, 모루에 올려 메로 두드리면 하나의 쇳덩이가 됩니다. 여러 개의 쇳덩이가 가졌던 각각의 경계는 사라질 것입니다. 시인은 대장장이의 작업과도 같은 일을 하는 체질이라고 합니다. 일단 시인의 손에 들어가면, 슬픔에 칭얼대는 상대를 「포옹」하듯, 애환을 녹여내 버리고, 모난 것들을 두드려서 "원융무애"하게 합니다. 시인의 대장간에서 들려오는 풀무질은 굳은 마음을 녹이는 시인의 애상곡(哀傷曲)이며, 내리치는 메는 녹은 마음을 아우르는 시인의 난타곡(亂打曲)입니다.

프로이트는 증상의 구조를 「신경증과 정신증」(1924)으로 구분하고, 여기에 '도착증'을 더했습니다. 라캉도 이러한 증상 구조에 기반을 두어 임상 구조와 진단 구조를 마련했습니다. 이 세 요소를 한데 모아 보면, 서로 겹치는 부분이 생깁니다. 가령, 각 요소를 원으로 표현하면, 세 개의 원이 있게 됩니다. 이 세 원은 겹쳐지는데, 하나는 또 다른 두 개와 경계를 둡니다. 그러니까 신경증 증상은 정신증-도착증과 경계를 이룹니다. 정신증 증상도 신경증-도착증과 경계를 이룹니다. 도착증 증상 또한 신경증-정신증과 경계를 이룹니다.

이 경계 지점에 외부에서 충격이 가해지면 어느 시점에서 뾰족하게 날이 서게 됩니다. 이런 뾰족한 날은 뾰족하지도 않은 타인의 경계 지점에 꽂히기도 하고, 날선 타인의 경계 지점과 맞겨루기도 할 겁니다. 경계성 장애라는 것은 이처럼 뾰족한 것에 관계됩니다. 시인이 염려하고 시인의 작시가 추구하는 것도 이 뾰족한 부분에 관한 것입니다. 시인은 자신이 가진 예리한 것으로 상대를 찌르는 현실을 보여 주었고, 누구의 끝이 더 예리한가에 대해 논쟁하는 것을 보여 주면서 차라리 "한 마리 갈매기를 불러"라, '갈매기 노래를 불러라!'고 말합니다. 시인이 노래한 '갈매기'는 "그리움이 물결치면 오늘도 못 잊어 내 이름 부르는" "부산 갈매기"로 들리기도 하고, 대양을 건너가는 외로운 사나이와 동행했던 "검은 갈매기"(흑구, 黑鷗) 또는 갑판에서 水夫들과 이야기 나누던 '포오틀란드 갈매기'로 보이기도 합니다만, 정작 시인께 갈매기는 누구를 표상하는 걸까요?

프로이트가 이야기한 경계 없는 순수한 신경증, 순수한 정신증, 순수한 도착증은 이론상으로만 가능한 것이고, 현실에서는 세 개의 요소가 겹쳐져 경계를 이루고 있습니다. 늘 경계는 복합성을 띱니다. 오이디푸스 콤플렉스라고 할 때 Complex가 복합성이듯이, 우리가 살아가는 삶의 자리는 복합성의 자리, 경계와 경계가 부딪히는 자리입니다. 이 경계가 얼마나 복합적이냐를 살피는 것이 중요해 보입니다. 그 경계의 속성이 얼마나 뾰족한지,

얼마나 무딘지를 시인은 예리한 통찰력으로 바라봅니다. 경계 지점에서 서로 어울림이 없고 독주만 있다면 그 노랫소리는 어떻게 들릴까요?

각자의 방식만을 고집하는 둘이 달리면 닿지 않는 평행선이 되지만 같은 방식으로 둘이 오른다면 튼튼한 사다리가 됩니다. 이 사다리를 오르는 시인이 가닿고자 하는 곳은 어딘지, 시인은 말합니다. 그곳은 "동아시아적 사유의 전통"입니다. 시인은 청년 시기에 "서구의 아방가르드 예술과 모더니즘의 철학에 심취"하고, 중년 시기에는 "동양학의 세계에 매료"되었다고 합니다. 저도 청년기에 시인과 같은 과정을 거쳤습니다. 하지만 중년에 접어든 지금, 시인처럼 하지는 못하고 있습니다. 필요는 느끼고 그래서 노력은 해 보지만 동양 사상에 매료될 만큼은 하지 못하고 있습니다. 시인은 지금 이런 두 요소가 분리되지 않고 기차의 선로처럼, 사다리의 양축처럼 얽힌 정신의 사슬을 갖고 있다고 하는데, 저는 언제 즈음 서양과 동양이라는 축으로 된 사다리를 오르면서 무경계의 지평으로 갈 수 있을까요?

청년기와 중년기를 잇고, 서양과 동양을 엮는다는 것은 경계를 봉합한다는 것입니다. 시인의 작시(作詩)가 바로 경계를 봉합하는 섬세한 바느질입니다. 저는 시인이 제시한 시를 읽고 놀라움을 금치 못하고 있습니다. 「페이지 터너」를 읽을 때는 무슨 의미인지 몰랐지만, 시대 상황 속에서 시인이 경험한 것을 담고 있다는 설명을 듣고는 '아! 시란 이런 거구나!' 감탄했습니다. 또한 공항에서 발생할 수 있는 조그마한 사건을 시대적 상황을 넘나들면서, 공간적 확장을 하면서 「뾰족한 것들이 문제다」에 담으셨습니다.

'만선식당'에서 밴댕이회를 먹으면서 토론하고 노래하는 풍경을 담은 「만선식당에서」는 고달픈 시인의 고뇌를 보여 줍니다. 시인은 잠시나마 psychotic state(정신증적 상태)에 있고자 술자리라는 공간에서 말합니다. 술을 마시면 psychotic reality(정신증적 실제)에 거할 수 있을까 봐, 잠시라도 현실에서 벗어나 망상의 세계에라도 다녀올 수 있을까 봐, 밴댕이회를 안주 삼아 술을 마셔 봅니다. 하지만 취중토론의 논지는 더 뚜렷하게 되고, 토론의 장에서 의견은 나뉘고, 결국 "하염없이 노래 부르던 한 마리 갈매기를 불러" 봅니다. 그렇게 한다고 일치된 토론의 결말이 나오는 건 아닐 겁니다.

더욱이 시인에게 견디기 어려운 것은 "앞날을 알지 못하여 방황하는 시간", "운명의 페이지가 도무지 앞으로 넘어가지 않을 때", 그것이 표면화되는 "보수 세력의 후보와 진보세력 후보가 서로 다투는 대선 토론 방송" 시청 시간입니다. 이런 과정에서 시인은 "투표를 포기하고 기권을 할까" 하며 perverse space(도착증적 공간)에서 방황하기도 합니다. "독을 품고 가시를 품고 화두를 품고 비틀거리며 살아갈 수밖에" 없는 상황입니다. 이런 상황은 시인에게 고달픔입니다. 왜냐하면, psychotic space(정신증적 공간)에 노상 있을 수도 없고, perverse state(도착증적 상태)에서 탈출하여 무한한 자유를 누릴 수도 없기 때문입니다. 독과 가시를 품은 "화두를 품고 비틀리며 살아갈 수밖에" 없는 것, 이것은 "그냥 물 흐르듯 흘러가"는 것입니다. 시인은 "모든 사물은 종시 판단을 내리기가 어려우니" 독과 가시를 품은 물고기가 흐르는 물에서 노닐 듯, 사물의 상징적 질서 가운데 순응하며 살아야 한다는 것을 잘 알고 있습니다. 시인은 neurotic value(신경증적 가치)를 절감합니다.

만선식당에서 불렀던 "한 마리 갈매기"는 시인에게 무엇일까요? 경계를 허무는 장, 화합의 장으로 안내하는 '평화의 상징'일까요? 폭풍우 치는 바다를 조망하는 '용맹한 드론'일까요? 때로는 neurotic significant(신경증적 기표)가 사물을 판단하는 것을 중지하게 하여 perverse pulsion(도착증적 욕동, 충동)과 psychotic drive(정신증적 욕동, 충동)를 묶어 두기도 할 겁니다. 시인이 불렀던 "갈매기"는 사물과 이름(토론)을 잇는 경계에 있는 듯합니다. "갈매기"는 시인에게 objet a로 작동하는 symbolical significant(상징적 기표)가 되겠지요? 시인은 취중에도 "모든 사물은 종시 판단을 내리기가 어려우니"라고 말합니다. 취한 김에 '모든 사물과 일치가 되니'라고 말할 수 있다면 좋으련만, 시인의 심연에서 부르는 실재인 '정신말'은 알코올에 지배되지 않습니다.

다시 말해, 시인은 "밴댕이회를 먹으며", 앞서 제가 언급한 〈사물-말 개념〉〈사물-이름 개념〉 또는 〈말 개념〉〈이름 개념〉에 답을 하는데, 토론에 토론을 거쳐 봐도 "모든 사물은 종시 판단을 내리기가 어려우니"라고 말합니다. 혼란스럽고 모호한 경계, 시인이 몰입(flow)하는 이 경계는 아직 잿빛인 듯합니다. 이 경계가 청청한 가을빛 하늘로 되는 날, 시인의 갈매기는 '휘어 휠~, 휘어얼~' 시인의 입에서 나와 가지런하게 정돈된 열매를 맺겠지요. 저는 psychotic reality와 perverse state를 묶는 시인의 neurotic significant가 의도(intention, 지향)하는 그곳이 어딘지 주목(attention)합니다.

그리고 '정신말'의 얼개로 어우러진 술판에서 "한 마리 갈매기"를 부르는 시인이, 사물과 말이라는 두 경계를 붙잡고 가시는 건지, 서양과 동양의 경계를 허물고 새로운 경계를 만들어 가시는 건지, 청년기와 중년기를 이으면서 장년기로 들어가시는 길목에서, '세월에 장사 없다'는데 어떤 자세로 이 시대를 살아가시려는지, 저는 몰입하여 주목합니다.

저는 이메일(E-mail)의 세상이 열리던 시점에 제 이름의 뜻을 담은 아이디 'harmonie'를 만들었고, 지금까지 사용하고 있습니다. 프랑스어인 아이디가 갖는 뜻(기의, signified)이 중요하기도 하겠지만, 그 단어를 이해하고 움직이는 저의 해석(기표, significant)이 또 다른 나를 만나게 해 주었습니다. 저는 제 이름에서 저의 정체성을 봅니다. 저는 제 이름을 부르면서 저의 현재를 봅니다. 저는 제 이름을 노래하면서 나에게 다가와 이름에 뜻을 담아 나의 나 됨을 예시해 주셨던 분을 생각합니다. 한 마리 갈매기를 노래하면서 제 이름을 되돌아보게 해 주신 시인을 바라봅니다. 그리고 시인께 물어봅니다. 당신이 노래한 갈매기의 이름은 무엇인지요?

존재를 드러내는
언어란 무엇일까요?

고명수

시란 명명(命名) 행위입니다. 사물의 이름을 불러 주는 행위이지요. 인간은 말을 하고 사물에 이름을 붙여 존재하게 했습니다. "태초에 말씀이 계셨다"로 시작되는 성경의 구절에서 보듯 인간은 언어와 말하는 행위를 통해 세상을 창조합니다. 특히 사물에 이름을 붙여준다는 것은 하이데거의 말을 빌리면 사물을 언어 쪽으로 불러내는 일이지요. 이름을 부른다는 것은 낯선 혼돈의 세계로부터 사물을 구출하는 행위인 동시에, 인간 최초의 창조행위로서 무질서한 카오스에 질서를 부여하는 행위이기도 합니다. 마루야마 게이자부로*의 말처럼, 이름이 오히려 사물의 본질이고 사물 그 자체가 이름과 함께 분절되고 존재하기 시작하는 것인지

---

* 마루야마 게이자부로(丸山 圭三郎, 1933-1993)는 도쿄대학교 불어불문학과를 졸업하고 코넬대학교 대학원 언어학과에서 박사과정을 수료했다. 고대와 현대, 동양과 서양의 사상을 넘나드는 방대한 학식을 바탕으로 독창적인 언어 철학을 전개해 온 일본 학자이다. 한국어판으로는 『존재와 언어』(고동호 역, 민음사, 2002)가 있다.

도 모르는 일이지요. 김춘수는 저간의 사정을 「꽃」이라는 시를 통해서 보여 주고 있습니다.

이름을 불러 주기 전의 사물은 카오스에 휩싸여 있지요. 이름을 불러 주었을 때 비로소 의미 있는 존재가 됩니다. 이름과 함께 그 사물은 비로소 존재하는 것이 되는 것이지요. 그러므로 이름은 곧 그 사물의 본질입니다. 고독한 존재인 사람들은 누군가에게 의미 있는 존재가 되고 싶어 합니다. 누군가의 꽃이나 눈짓이 되고 싶습니다. 이처럼 사물의 명명(命名)은 메를로 퐁티의 언명처럼, 인식의 뒤에 이루어지는 것이 아니라 인식 그 자체인지도 모릅니다.

예컨대 시인 김소월이 '진달래꽃'이라는 대상을 인식하고 이름을 부르는 순간 그것은 새로운 존재의 탄생인 것이지요.

나 보기가 역겨워

가실 때에는

말없이 고이 보내 드리우리다.

영변(寧邊)에 약산(藥山)

진달래꽃

아름 따다 가실 길에 뿌리우리다.

가시는 걸음걸음

놓인 그 꽃을

사뿐이 즈려밟고 가시옵소서

나 보기가 역겨워

가실 때에는

죽어도 아니 눈물 흘리우리다.

- 김소월, 「진달래꽃」 전문.

　화자는 진달래가 붉게 만발한 어느 봄날에 낭만적 상상을 전
개합니다. 지금은 너무나도 사랑하는 대상(님)이 나를 떠난다면
나는 어떻게 할 것인가? 가지 말라고 옷자락을 부여잡고 매달
릴 수도 있고, 막 원망하며 시시비비를 따질 수도 있겠지요. 하
지만 화자는 '말없이 고이' 보내드리겠다고 말합니다. 한 걸음 더
나아가 진달래로 유명한 영변의 약산동대의 진달래꽃을 한 아
름 따다가 님이 가시는 길에 뿌리겠다고 말합니다. 여기서 우리
는 범상치 않은 화자의 정신의 높이를 가늠하게 됩니다. 가장 애
착하는 대상조차도 말없이 고이 보내 줄 수 있는 정신의 경지란
결코 쉽게 도달할 수 있는 곳은 아니겠지요. 그것은 매우 초연
(detachment)한 자세라 할 수 있을 겁니다. 말없이 고이 보내 주는
데서 한 걸음 더 나아가 꽃을 뿌리며 축복해 주겠다는 것은 진정
한 사랑의 모습이 아닐까요?
　떠나는 님 앞에 뿌리는 진달래꽃은 이미 진달래꽃이 아니라
새로운 존재, 즉 시적 화자의 마음속 붉은 사랑의 상징인 것이지

요. 진정한 사랑은 오래 참고 친절하며 시기하지도 질투하지도 않는 것이라는 성경의 구절이 생각납니다. 참사랑은 헌신과 희생을 두려워하지 않으니까요. 그것은 만남과 헤어짐의 차원을 넘어선 영원한 것이겠지요. 하지만 마지막 연에서 화자는 "죽어도 아니 눈물 흘리우리다"라고 함으로써 이별이 죽을 만큼 고통스러운 것임을 암시합니다. 이처럼 시에서의 언어사용은 일상의 언어사용을 넘어서 단어의 새로운 의미를 창출합니다. 존재의 새로운 창조이지요. 우리는 이 시로 인하여 '진달래꽃'이라는 사물이 지닌 의미의 폭을 더 넓히게 된 것이지요. 시인은 이렇게 모국어를 풍요롭게 하는 존재들입니다.

불완전한 언어체계로 인하여 분절되고 고착된 우리의 고정관념의 벽을 깨뜨리고, 그 태초의 무한한 의미의 세계로 환원시킴으로써 우리가 잃어버렸던 생활과 정신의 자유를 되찾아 주는 일이 시를 쓰는 일이라고 앞에서 말한 바 있었지요. 졸시 「만선식당」에서 '갈매기'란 곧 그러한 분절되고 고착된 우리의 마음들을 넘어서 있는 언제나 변함없는 마음의 상징, 곧 여여(如如)한 마음의 다른 이름이 아닐는지요? 이것을 일상생활로 끌고 오면 '평상심'이 될 것입니다. 평상심이 곧 도(道)라 하였지요. 그런데 이 평상심에 이르기가 참 쉽지 않은 것 같습니다.

얼마 전, 한학과 명리학을 오래 해 오신 저의 사촌 형님께서 호를 하나 지어 주셨습니다. 저의 사주에 물이 귀하다고 삼수(水) 변을 넣어 호암(湖岩)이라고 지어 보내 주었지요. 한문으로 풀이까지 근사하게 덧붙여 주셔서 반가웠습니다. 그전엔 지암(池岩)이나, 청산(靑山)이라는 호를 즐겨 사용해 왔는데, 이번에 하나 더 얻었으니 한번 써 보려 합니다. 푸른 산도 좋지만, 연못가의 바위보다는 호숫가의 바위가 더 시원할 듯도 해서입니다. 아무튼, 명명 행위는 인식 그 자체이고, 언어는 존재의 집이니, 새로운 존재로의 현현을 밝혀 주는 일이기도 할 것입니다.

"언어는 밝히면서 숨기면서 오는 존재의 도래"라고 하이데거는 말합니다. 하이데거의 이 말을 수긍한다면, 우리는 사물들의 실상을 쉽사리 알기는 어려울 듯합니다. 밝히면서도 숨기면서 오는 언어의 이중성 혹은 불완전성 때문입니다. 이런 사례는 쉽게 찾아볼 수 있습니다. 항상 정부가 새롭게 들어서면 인사청문회가 열리고 여기서 갑론을박이 벌어집니다. 특히 후보자의 실상이 부정적이라면 국민의 실망은 커지고 정부에 대한 불신마저 나타납니다.

영의정(국무총리)이나 재상(장관)이라는 이름을 감당하기 위해서는 거기에 합당한 덕망과 인품을 지녀야 하겠지요. 그래야 그 이름을 감당할 수 있을 테니까요. 새로운 이름의 도래는 새로운 존재의 도래이기도 합니다. 그러한 이름은 밝히면서 숨기면서 옵니다. 그것을 확고한 존재로 명명시키기 위해서는 반대파들의 저항을 이겨 내고 그 이름에 걸맞은 실존적 기획과 결단이 필요하겠지요. 어떤 이들은 반대파들의 저항을 견디지 못하고 스스로

물러나기도 했지만, 상당수는 그러한 흠결에도 불구하고 임명이 되기도 하더군요. 일단 임명이 되었다면 이제 남은 것은 업무의 실행력과 추진력을 통한 증명과 결과물을 통해 스스로 그 이름의 위치에 걸맞은 존재의 위상을 확립해야겠지요.

우리 주변에는 국민의 존경을 한몸에 받으며 승승장구하던 인사가 한순간의 실수로 말짱 도루묵이 되는 일이 허다합니다. 사람들은 그러한 실수를 인용(認容)할 정도로 너그럽지를 못하니까요.

삼척에 가서 도루묵을 먹었네.

말짱 도루묵이란 말이 가슴에 사무쳐 먹었네.

어쩌면 세상일이 온통 말짱 도루묵이라는 생각이 들었네.

"잘나고 못난 것이 자기와 상관없고

귀하고 천한 것이 때에 따라 달라진다."는

택당 이식의 말씀이 위안이 되어 다가오는 저녁,

삼척의 대학로 정라횟집에서 도루묵구이를 먹으며

나는 함이 없이 사는 일의 의미를 생각하네.

시대를 풍미했던 한 여배우의 자살소식에

산다는 것이 말짱 도루묵임을 다시 깨닫네.

사랑과 우정이, 명예와 권력이 모두 한낱 도루묵임을,

정라횟집에서 먹는 도루묵의 알과 살이 담백하고 고소하였네.

그렇게 담백하게 살다 보면 때로 고소한 맛도 볼 수 있으리라는

이 사실 하나가 바로 도루묵 맛이란 걸 알겠네.

세상일이 온통 말짱 도루묵일지라도 흥분하지 말고

담담하게 또 경건하게 살아야 함을 깨닫네.

-「도루묵에 대하여」

한 시대를 풍미했던 여배우가 새벽에 목을 매어 세상을 하직합니다. 그 여배우는 자신의 존재에 걸맞은 언어를 지탱해 나갈 만한 저력이 없었던 것이지요. 심리학에서는 그것을 자존감의 결핍, 즉 어린 시절에 받아야 할 충분한 보살핌과 애착 형성의 실패에 기인하는 것으로 보지요. 자신의 존재를 짊어지고 나아갈 수 있는 바탕은 어린 시절부터 축적되어 온 부모와 교사의 지지와 신뢰, 사랑으로 불릴 수 있는 '언어 경험'일 것입니다.

이처럼 한 존재에 있어서 언어 경험은 소중한 것입니다. 인간은 언어를 통해 사고하는 존재이기 때문이지요. 이러한 언어 경험은 부모나 교사가 줄 수도 있지만, 세계의 위대한 명작과 고전들이 줄 수도 있지요. 만약 그 여배우에게 이러한 인문학적 교양이 있었다면 아마도 허망하게 자살로 생을 마감하지는 않았을 것입니다. 우리는 그 반대사례를 신사임당을 통해서 이미 보았습니다. 남편의 외도와 권력의 온갖 압박에도 불구하고 자녀들을 훌륭하게 키워 낸 내면의 힘은 어린 시절부터 축적된 인문학적 소양과 그림을 통한 예술적 승화에서 온 것이 아닐까요?

자존감의 바탕이 되는 언어 경험의 결핍, 유년기의 신뢰와 지지, 사랑이 없는 한 여배우의 죽음…. 여기서 우리는 인기와 부유

함을 다 가진다 하더라도 그것을 뒷받침할 언어가 부재하다면 말짱 도루묵이라는 놀라운 사실을 알게 됩니다. 이것은 '평상심'을 바탕으로 하지 않은 존재의 명명이 얼마나 허망한 것인가를 보여 주는 방증(傍證)일 것입니다.

'생사(生死)는 유명(有命)이요, 부귀(富貴)는 재천(在天)이라' 하니 그저 자연의 섭리에 따라 사는 수밖에는 없는 것 같습니다. 위의 시에서 '함이 없이 사는 일'이란 무위(無爲)의 삶이지요. 그저 물 흘러가는 대로 흘러가는 삶이겠지요. 소박하고 담백하게 살아가는 평상심의 세계! 그러나 우리는 그러한 평상심으로 살기가 얼마나 어렵던가요? '호리유차(毫釐有差)에 천지현격(天地懸隔)이라', 한순간의 방심이 우리 존재를 나락으로 떨어뜨리곤 합니다. 그러니 우리는 깨어 있는 매 순간을 경건하게 감사하며 마치 살얼음판 위를 걷듯이 걸어가야 할 듯합니다. 순수하고 담백하게 살다 보면 고소한 삶의 맛도 볼 수 있으리라는 기대를 지니고 그저 살아갈 수밖에 없을 듯합니다. 소박하고 단순한 삶에 이르기 위해서는 마음의 먼지들을 털어 내고 삶의 실상에 다가가야 할 테지요. 그곳에 이르기 위해서는 제가 가야 할 길이 아직 먼 듯합니다. 무명(無明)으로 가득한 카르마(karma)의 흙들이 풀려야 하기 때문입니다. 새로운 존재의 도래를 위해서는 무명의 업장(業障)이 풀려야 할 것 같습니다.

오랜 소외의 골방에서

한 생태학자가 식물도감을 펴낼 때까지는

나는 아직 식물들의 내밀한 마음을 몰랐었다

아프리카의 부족들처럼 그저

사흘 밤낮을 소리 지르는 통에

나무들은 그만 혼이 빠졌다

나무들은 나의 서재에서 빛이 바래지고

서서히 쓰러지고들 말았다

식물들은 바흐의 오르간 음악을 좋아한다는데,

저음의 묵직한 소리가 만들어내는 기운을 좋아한다는데,

나는 어쩌면 온갖 이방부족들의 소음으로

나의 호랑가시나무들을 쓰러지게 했는가?

나의 로빈새들을 날아가게 했는가?

내 오늘은 바흐의 마태수난곡을 틀어놓고

나의 호랑가시나무를 소생시켜 보려고 한다

내 생애의 온갖 치욕들과

생각만 해도 치가 떨리는 수난들을

깨끗이 씻어내야만 한다

그래야 나의 나무들은 자랄 수 있을 것이다

요한수난곡과 무반주첼로모음곡이

끝날 때까지도 그것들은 끝내 씻기지 않고

앙금처럼 가라앉는다

한없이 단조롭지만 무궁하게 이어지는 소리,

인도에서 갖고 온 명상음악을 틀고 키르탄을 한다

그제서야 조금씩 조금씩

내 안 깊숙한 곳에 숨어 있던 까르마의 흙들이 풀린다

서서히 움이 트고 싹이 돋아난다

나뭇가지들이 제 길을 잡아가고

잎세기 조금씩 가지런해진나

다시 살아보려는 힘이 꿈틀댄다

머나먼 왕사성과 곡인리가 보이기 시작한다

- 「시원의 소리를 찾아서」.

현대시는 흔히 개인의 정신사(精神史)를 보여 주는 것이라고 합니다. 위의 시는 어쩌면 저의 젊은 시절 방황의 기록이라 할 수도 있을 것 같습니다. 헛된 욕망과 어리석음과 새기지 못한 분노로 가득 찬 무명(無明)의 마음은 죄를 짓고 벌을 초래했습니다. 온갖 치욕들과 치가 떨리는 수난들은 모두 스스로 가져온 것이었습니다. 보바리 부인이나 안나 카레니나, 혹은 맥베스의 헛된 욕망이며, 오셀로와 리어왕의 어리석음, 드미트리, 혹은 이반이나 라스콜리니코프의 분노처럼 세계문학사의 주인공들은 저마다 자신의 무명으로 인하여 고통을 당하고 처벌을 받습니다. 자신의 눈이 밝지 못해 흐리니 그것이 동물이든 식물이든 사람이든 타자들의 내밀한 마음들을 알 리가 없겠죠.

사흘 밤낮을 소리 지르는 아프리카 부족들처럼 마음속이 소란

하고 어지러우니 제 영혼의 나무들은 혼이 빠지고 빛이 바래고 급기야는 이성이 마비되어 쓰러져 죽었던 것입니다. 이렇게 해서 죽어 버린 저의 호랑가시나무와 로빈새를 되살리기 위해서 저는 먼저 바흐의 무반주첼로곡이나 마태수난곡을 들었지만, 거기에선 온전한 구원을 얻지 못했습니다. 결국은 인도의 명상음악과 명상 춤(키르탄)으로 조금씩 마비되었던 감각이 살아났습니다. 카르마의 흙들이 풀리자 움이 트고 싹이 조금씩 돋아나 비로소 부활과 소생의 길을 가게 되었습니다. 그때야 비로소 멀리 붓다가 설법하던 '왕사성'과 노자가 태어난 '곡인리'가 보였던 것이지요. 이것이 바로 시원의 소리를 찾아가는 기나긴 노정인 동시에, 동양인인 제가 서양을 우회하여 출발점으로 돌아오는 과정이었습니다. 무명으로 가득한 카르마의 흙들이 풀리고 나서야 새로운 존재의 도래는 가능할 것 같습니다.

무명의 업장이 풀어지고 삶의 새로운 비전이 보일 때까지는 혹독한 겨울의 추위를 감내해야만 합니다. 이 세상에 공짜로 주어지는 것은 아무것도 없기 때문입니다. 인생의 소중한 꽃들은 반드시 기나긴 고통과 시련의 대가를 필요로 합니다. 그것이 없이 주어지는 꽃들은 그 아름다움을 눈물겹게 만끽하기가 어렵거든요. 저간의 사정을 미당 서정주 시인은 「국화 옆에서」라는 시에서 잘 보여 주고 있습니다. 시에서 한 송이의 국화꽃은 곧 우리 삶의 소중한 가치들을 상징합니다. 인생의 소중한 가치들은 쉽게 얻을 수 있는 것이 아닙니다. 오랜 시간의 슬픔과 고통을 이겨 내야만 합니다. 시인은 한 송이의 국화꽃을 피우기 위해서는 봄부터 소쩍새가 울고, 여름에는 천둥이 먹구름 속에서 울고 가을엔 무서리가 내려야 한다고 말합니다. 사람도 원숙한 중년의 아름다움에 도달하기 위해서는 '머언 먼 젊음의 뒤안길'에서의 방황이 필요한 것이겠지요. 그리고 나서야 한 송이의 국화꽃을 피워 낼수 있습니다.

빛나는 삶의 순간들은 언제나 한 송이 꽃처럼 피어납니다. 그런데 꽃은 언제나 돌 속에 숨어 있지요. 그것은 우리가 지닌 무명과도 같아서 어지간해서는 잘 보이지가 않습니다. 그러나 한번 깨닫고 발견하면 오래가는 것입니다. 사랑도 그러하리라고 생각됩니다. 삶의 '꽃돌'은 오랜 시간의 절차탁마(切磋琢磨)를 거쳐서야 비로소 보이는 것이기에 오랫동안 이어지는 것이겠지요. 먼지로 가득한 이 세상에서 먼지 속을 헤매며 잃어버린 꽃돌을 찾아온 것이 저의 삶이었던 것 같습니다.

땀과 눈물, 그리고 때로는 피를 흘리며 연마하기를 십수 년, 온몸이 만신창이가 되고 땀에 절어서야 비로소 시원한 한줄기 소나기가 내림을 보았습니다. 눈에서 비늘이 떨어지고 나서야 희부윰한* 꽃의 흔적이 드러납니다. 꽃돌의 잔치가 벌어지지요. 세상에

---

* 사물이나 그 빛이 조금 흰 듯하고 부옇다. (고려대 한국어대사전)

공짜로 얻어지는 것이 없었습니다. 잔돌이 튀어 이마를 후려치고 안경에 금이 가는 비싼 대가를 지불하고서야 너무나도 평범한 삶의 소중함을 깨닫곤 했습니다. 그 평상심의 아름다움을 말입니다. 돌이켜 보면 참으로 어리석은 일이었지요. 눈 밝은 선지식(善知識)이 한 명만 제 곁에 있었더라도 저의 방황이 그렇게 곤고롭지는 않았을 것입니다.

꽃맥을 찾아 망치로
아무리 두드려도
돌 속의 꽃은 잘 보이지 않는다
잔돌이 튀어
이마를 후려친다
눈에서 비늘이 하나 떨어진다
잔돌이 안경면에 튀겨나간다
갑자기 세상이 뿌애진다
절. 차. 탁. 마!
먼지와 싸우며
잃어버린 꽃을 찾는다
하루가 가고
또 하루가 가도록
물 뿌려가며 연마한다
독한 바람이 불고

아린 추억 같은 별이 몇 번 지고

이슬 눈물이 몇 번 내리고

입마개를 한 채 그렇게

무더운 계절은 간다

사방에 생채기가 나고

온몸이 땀에 절 때쯤이면

한 차례 소나기는 지나간다

희부윰한 꽃의 흔적은

시나브로 드러난다

울긋불긋한 꽃돌이

긴 긴 사태를 이룬다

- 「꽃돌을 찾아」.

독한 바람이 불고 아린 추억들이 지나가고 황사 같은 나날 속에서 입마개를 한 채 절차탁마를 견뎌 내고 이슬 같은 눈물을 흘리고 나서야 비로소 저는 삶의 '꽃돌'을 보았습니다. 거기엔 저의 간절한 기도가 함께 있었습니다. 아마도 조상님들과 천지신명이 도운 것 같습니다. 이런 날도 오는구나! 하고 놀라워하고 있습니다.

오후 세시의 커피는 방장스님의 죽비소리다

뜨거운 한낮 피어나는 배롱나무의 합창이다

그것은 오전 내내 울렸던 요령소리이며

독이 허물 벗어 약이 되는 소리이며
지장보살이 그의 어머니를 부르는 소리다
나는 쓸쓸히 오후 세시의 커피를 타 마시며
이대로 죽을지라도 허물 벗어
생생한 삶에 이르고 싶을 뿐이다
- 「오후 세시의 커피」.

저는 이제 오후 세시의 커피를 마시며 온전히 깨어 있는 삶을 꿈꾸고 있습니다. 소박하지만 충만한 삶을 말이지요. 방장스님의 죽비처럼 서늘한 가르침의 경책들을 가까이하고, 배롱나무의 합창처럼 뜨겁고도 아름다운 삶을 꿈꿉니다. 탐욕과 어리석음과 분노에 중독된 상태를 벗어나 독이 허물 벗어 약이 되는 삶을 기대합니다. 그러한 삶은 저승까지 이어지는 맑은 요령 소리 같은 것이겠지요. 그것은 지장보살이 그의 어머니를 부르는 구원의 소리일 것입니다. 결국, 그 모든 것이 죄의 허물을 벗고 희미한 경계를 걸어 낸 생생한 삶의 실상일 것입니다.

이름을 붙이는 일, 곧 '명명 행위'는 참으로 힘이 든 것 같습니다. 시인의 소명이기도 한 그 일은 참으로 신중을 요구하는 일인 것 같습니다. 우리가 건강한 삶을 유지하기 위해서는 충만한 언어의 경험이 필요해 보입니다. 무명의 업장이 풀어지고 자신에게 주어진 삶의 소명(召命)을 깨닫기 위해서도 충만한 언어의 경험은 절대적으로 필요할 듯합니다. 새로운 존재의 도래는 왜 새로운 언어의 도래와 함께하는 것일까요? 숙명처럼 주어지는 그 언어를 지켜 내는 일은 왜 그렇게 힘든 것일까요? 우리는 어떻게 하면 충만한 언어를 유지할 수 있을까요?

충만한 이름을 지켜 내고
감당하는 현실이 있습니다

시인께서 들려주신 마루야마 게이자부로는 『존재와 언어』에서 보듯 존재와 언어, 사물과 이름 간의 관계가 어떻게 되는지 의견을 제시하고 있습니다. 시인은 이 의견을 "이름이 오히려 사물의 본질이고 사물 그 자체가 이름과 함께 분절되고 존재하기 시작하는 것"이라고 정리하였습니다. 즉, 사물이 이름으로 존재한다는 것입니다. 여기서 사물은 소외되고 죽음을 맞게 됩니다. 어떤 언어이든 사물을 소외시키고 죽이겠지만 시인은 이 소외를 견디고 죽은 사물에 생명의 입김을 넣고자 시어(詩語)를 찾아 시를 짓습니다. 이때 도래한 언어는 존재를 호출시키고, 그곳에서 모습을 드러낸다고 말씀하셨습니다. 사물을 명명하는 일이 돌을 쪼고 갈고 닦는 절차탁마의 과정을 통해 꽃돌을 찾는 것처럼 힘겹다는 것, 하지만 이런 삶을 통해서야 충만한 삶을 살 수 있다고 말씀하셨습니다.

시인께서 하신 말씀을 경청하면서, 새롭게 도래하는 언어는 무엇일까? 그 언어를 지켜 내는 일은 왜 그토록 어려울까? 지금

이 시점에서 우리에게 충만하게 임해야 하는 언어는 무엇일까? 우리가 지켜 내야 하는 충만한 언어는 무엇일까? 여름이 지나고 가을이 끝나는 계절 가운데 묵상하여 봅니다.

여러 고민을 하던 가운데 문득 올해 '물'이 부족하였던 일이 기억에서 가물거립니다. 작년 겨울부터 강수가 귀해서 오월 중순부터는 바닥을 드러낸 저수지가 흔했습니다. 우리 마을의 작은 저수지나 근처 경기도 안성의 규모가 큰 저수지나 마찬가지였습니다. 그런데 남의 일인 줄 알았던 것이 땅속 깊게 판 우리 집 우물도 말라 버렸습니다. 예전에도 물이 나오지 않아서 고생한 적은 여러 번 있었습니다만 이번 경우는 달랐습니다.

다들 우리나라가 물 부족 국가라고 하지만 그것을 느끼는 사람은 얼마나 될까요? 대부분이 언론에서 잠시 떠들며 지나가는 기사라고 생각하는 것 같습니다. 그래서인지 물 낭비에는 크게 죄의식이 없는 듯도 합니다. 그러나 물 부족 기간이 길어지거나 그것을 많은 사람이 겪는다면 어떻게 될까요? 이런 생각은 마치 '인간-기계'(인공지능)가 인간을 능가하거나 대체하는 시기가 오면 어떻게 될까 하는 질문처럼 우리에게 아직 피상적일 뿐입니다.

물 부족과 관련된 소설로 『마농의 샘』이 있습니다. 프랑스 작가 마르셀 파뇰의 작품으로 제가 유학했던 프랑스 남부의 작은 마을을 배경으로 영화로도 제작되었습니다. 소설은 샘을 둘러싼 인간들의 탐욕을 잘 묘사하고 있습니다. 소설에 등장하는 조금

모자란 시골 청년 위골랭은 카네이션 사업으로 일확천금을 노립니다. 하지만 도시에서 이사 온 소녀 마농과 가족들에 의해 샘을 독차지하려는 그의 계획이 무산됩니다. 그리고는 샘을 차지하기 위한 위골랭 일가의 탐욕과 음모가 펼쳐집니다. 소설에서처럼 샘을 둘러싼 분쟁이 결국은 마을과 사람을 다치게 할 만큼 물은 인간에게는 필수적인 요소입니다.

그리고 물은 한 줄기에서 시작하여 웅덩이나 저수지를 만들거나 개울이나 강 등의 큰 흐름을 만들어 냅니다. 우리말로 물이 솟는 곳을 '샘'이라고 합니다. 태백산 금대봉 자락에 있는 '검룡소'는 하루에 2천여 톤의 물을 쏟아냅니다. 이 샘에서 시작된 물이 남한강이 되고, 북한강과 만나서 한 줄기를 이루어 서해로 흐릅니다. 태백시 도심에 자리한 '황지연못'도 그저 평범한 웅덩이처럼 보이지만 하루에 5천여 톤이 용솟음쳐서 낙동강을 이룹니다. 이렇게 샘솟은 물은 긴 여정의 길을 떠나 자신을 필요로 하는 곳에 가서 자신의 능력을 발휘합니다.

물은 대지를 비옥하게 하는 데 없어서는 안 될 귀한 존재일 뿐 아니라 물속에 사는 생물에게 생명을 유지해 주는 생명의 존재입니다. 그렇기에 그리스의 철학자 탈레스(Thalès)는 생명을 일으키는 데 중요한 역할을 하는 물을 만물의 근원(아르케, archē)으로 인식했습니다. 아리스토텔레스는 이것을 『형이상학』에서 전하고 있는데, '물이 아르케다'라는 말은 대지를 떠받치는 것이 물이라는 의미로도 읽힐 수 있습니다. 이런 내용을 『구약성서』의 「창세기」와 비교해 보면 의의가 있어 보입니다. 그때의 모습을 '공동번역'과 '공동번역 개정판'의 역본은 이렇게 표현합니다.

4 야훼 하느님께서 땅과 하늘을 만드시던 때였다. 5 땅에는 아직 아무 나무도 없었고, 풀도 돋아나지 않았다. 야훼 하느님께서 아직 땅에 비를 내리지 않으셨고 땅을 갈 사람도 아직 없었던 것이다. 6 마침 땅에서 물이 솟아 온 땅을 적시자 7 야훼 하느님께서 진흙으로 사람을 빚어 만드시고 코에 입김을 불어넣으시니, 사람이 되어 숨을 쉬었다. (「창세기」 2장 4-6절)

고전을 깊이 읽는다는 것은 원문에 비추어서 읽는다고 생각됩니다. 「창세기」는 히브리어로 쓰인 책입니다. 원문을 번역하는 번역자에 따라 표현이 좀 다릅니다. 위에 인용된 5절을 예시로 설명해 봅니다. 이 부분은 다른 한글번역본과 내용이 좀 다릅니다. '새번역' 역본에 따르면, "주 하나님이 땅 위에 비를 내리지 않으셨고, 땅을 갈 사람도 아직 없었으므로, 땅에는 나무가 없고, 들에는 풀 한 포기도 아직 돋아나지 않았다"고 번역합니다. 그리고 '개역한글'과 '개역개정' 역본에 따르면 "여호와 하나님이 땅에 비를 내리지 아니하셨고 땅을 갈 사람도 없었으므로 들에는 초목이 아직 없었고 밭에는 채소가 나지 아니하였다"고 합니다.

구교와 신교가 함께 번역에 참여하여 얻은 '공동번역' 및 '공동번역 개정판' 역본을 풀어 보면 "땅에 나무나 풀도 돋아나지 않은 것은 야훼 하느님께서 아직 땅에 비를 내리지 않으셨기 때문이고 땅을 갈 사람도 아직 없었다" 그리고 '새번역'과 '개역한글' 및 '개역개정' 역본은 "하나님께서 땅에 비를 내리지 않고 땅을 갈 사람도 없으므로 땅에 나무나 풀이 없다"로 볼 수 있을 것입니다. 이렇게 다른 두 표현을 생각해 보면, 땅에 나무나 풀이 없는 이유가 두 가지라는 것을 알 수 있습니다. 우선, 비가 내리지 않았다는 것이고, 또한 사람이 만들어지지 않았다는 것입니다.

기독교의 경전을 다루는 것에 대해, 좀 불편해하시는 분이 계실 수도 있을 것입니다. 헬레니즘을 대표하는 플라톤과 아리스토텔레스의 문헌과 함께 헤브라이즘을 대표하는 문헌으로서 성서는 종교를 떠나 서양문화의 바탕을 이루고 있습니다. 그런 의미에서 물과 땅에 관하여 논의를 전개하는 지금, 탈레스의 의견과 「창세기」가 보여 주는 함의는 우리에게 깊은 통찰력을 준다고 생각됩니다.

여기서 우리는 물과 사람, 물과 나무, 물과 풀의 관계를 볼 수 있고, '물이 어디서 오는가?'라는 질문과 그것의 답을 구상하게 됩니다. 비가 온다는 것은 물이 위로부터 온다는 것의 또 다른 표현인 것을 알 수 있습니다. 물의 근원이 땅이 아니라 하늘이라는 것입니다. 이런 생각은 옛사람들이 물이 부족할 때, 땅을 파기보다는 하늘을 향해 기우제를 지낸 것에서도 볼 수 있습니다. 이런 생각과는 달리 물이 땅에서 솟아난다는 의견도 있습니다. 6절에서 보듯이, 땅에서 물이 솟아 온 땅을 적십니다. 그렇다면 물의 기원은 어디일까요? 하늘에서 비가 내리지 않았음에도 땅에서 물이 솟은 걸까? 원래 땅속에 물이 있었기에 솟아나기 시작한 걸까? 「창세기」는 어떤 순서를 이야기하는 걸까? 여러 생각을 하게 합니다.

「창세기」에 비추어 짐작하면 처음에는 대지에 물이 없었습니다. 그래서 그냥 황량했습니다. 대지 아래에 물이 있었지만, 그 물이 위로 발현을 하지 않은 겁니다. 그렇다면 물은 언제 어떻게 대지 위로 오를까? 하는 질문이 나옵니다. 겨울이 지나 봄이 될 즈음 꽃샘추위가 삼일에 한 번꼴로 다녀갑니다. 이때 부는 바람은 나무에 물이 오르게 하는 삼투압 작용을 일으킵니다. 또한 가을이 끝날 무렵 바람이 불면 나무는 물을 뿌리로 내리고 잎을 떨구어 내어 추운 겨울을 준비합니다. 이처럼 물과 바람은 나무에 동반자와 같은 역할을 합니다.

물이 만물의 근원이라고는 하지만 물이 움직이는 데는 바람이 필요합니다. 이렇게 물과 바람은 존재의 근원에 관계된다고 볼 수 있습니다. 그렇다면 이들은 사람에게 어떤 존재일까? 이런 존재가 사람이 만들어지는 과정에서 어떤 역할을 했을까? 하는 물음을 하게 됩니다. 그리고 '사람이 어떻게 만들어졌을까?' 아마도 누구나 생각했을 물음에 대한 답을 「창세기」에서 실마리를 찾습니다.

6절과 7절을 보면, "마침 땅에서 물이 솟아 온 땅을 적시자 야훼 하느님께서 진흙으로 사람을 빚어 만드시고 코에 입김을 불어

넣으시니, 사람이 되어 숨을 쉬었다"고 합니다. 물이 솟기 위해서는 기압의 차이가 있어야 하고, 바람이 분다는 것은 기압의 차이가 있다는 것을 보여 줍니다. 바람은 땅속 깊숙이 있는 물을 끌어올립니다. 탈레스의 표현대로 하면, 땅을 떠받치고 있는 물을 지표로 이끄는 역할을 합니다. 이렇게 물이 흙과 만나면 뻘*, 즉 '진흙'이 됩니다. 진흙은 마른 흙과 물이 배합된 형태입니다.

찰흙이라고도 하는 진흙은 우리가 초등학교 시절 미술 시간에 종종 하던 놀이의 재료입니다. 같은 재료지만 아이마다 다른 모양의 형태를 만듭니다. 아이들의 마음, 정신이 손을 통해 오브제(object)로 형상화되기 때문입니다. 이처럼 사람의 마음이 물질에 새겨져 흔적을 남기게 되는 것을 예술(art)이라고도 하고, 인문(人文)이라고도 합니다. '인문'이라 함은 사람(人)의 무늬(文) 또는 채색과 얼룩이 문자뿐 아니라 만물의 재료에 남긴 흔적에 관한 것입니다.

살펴본 것처럼 생명은 축축함에서 나왔습니다. 축축해진 흙이 아니라면 사람 형태의 몸은 빚어질 수 없었을 것입니다. 축축하다는 것은 어느 정도의 온도를 염두에 두고 있음을 볼 수 있습니다. 딱딱한 흙이 언 상태이고, 푸석한 흙이 건조한 상태라면, 말

---

* '개흙(갯바닥이나 늪 바닥에 있는 거무스름하고 미끈미끈한 고운 흙)'의 방언(경남, 전남). (네이버 국어사전)

랑한 흙은 어느 정도의 습도를 머금은 상태입니다. 이렇게 흙에 변화를 가하는 것은 바람입니다. 찬바람이 불면 흙이 얼고, 건조한 바람이 불면 흙이 마르고, 습한 바람이 불면 흙이 물을 품게 됩니다. 이처럼 바람은 물과 흙의 상태에 영향을 끼칩니다. 바람은 물을 끌어올려 흙과의 만남을 주선하면서 자신의 흔적을 남깁니다. 그 모양을 익살스러운 가사와 노래로 표현한 곡이 있습니다.

> 손이 시려워 (꽁!) 발이 시려워 (꽁!) 겨울바람 때문에 (꽁꽁꽁)
>
> 손이 꽁꽁꽁 꽁! 발이 꽁꽁꽁 꽁! 겨울바람 때문에 (꽁꽁꽁)
>
> 어디서 이 바람이 시작됐는지
>
> 산 너머인지 바다 건넌지 너무너무 얄미워
>
> 손이 시려워 (꽁!) 발이 시려워 (꽁!) 겨울바람 때문에 (꽁꽁꽁)
>
> 손이 꽁꽁꽁 꽁! 발이 꽁꽁꽁 꽁! 겨울바람 때문에 (꽁꽁꽁)
>
> - 백순진 작사/작곡, 「겨울바람」.

「겨울바람」은 '꽁'이라는 의태어를 넣어서 부르면 더욱더 맛깔 나는 동요입니다. 저도 어릴 때 이 노래를 부르면서 추운 겨울, 차가운 바람을 이겨 낸 경험이 있습니다. 지금도 추울 때면 이 노래가 입에서 툭 튀어나와 저의 몸에 온기를 가져다줍니다.

그러면 야훼 하느님은 얼마 동안 진흙으로 만든 코의 형상에 바람을 불어넣었을까요? 최소한 호흡기관을 형성시킬 만큼의 시간은 걸렸을 겁니다. 호흡은 코와 식도, 허파(肺)를 오가며 작용합니다. 수시로 공기를 들이마시고 내뱉는 역할을 하는 코(鼻)는 공기 중에 있는 산소를 수집하는 1차 기관입니다. 이곳을 통하는 동안 공기 중의 큰 이물질은 코털 등에 의해 걸러집니다. 기도(氣道)는 호흡 시 코로 들어온 공기가 지나가는 통로입니다. 이 숨길이 막히거나 이 숨길로 바람이 통히지 않으면 몸은 치명적인 상해를 입게 됩니다. 폐(肺)는 작은 공기구멍 통로들로 이뤄진 기관인데, 이곳으로 들어온 공기는 산소와 이산화탄소 및 각종 공기를 구분하여 산소만 받습니다. 또한 폐는 심장에서 폐동맥으로 들어온 피에서 이산화탄소를 제거하고 산소만 실어 온몸으로 보내는 역할을 합니다.

'사람이 되어 숨을 쉬었다'는 표현은 '네페쉬'라는 히브리어 단어를 풀어서 번역한 것입니다. '네페쉬'는 히브리어로 숨-생기-냄새, 영혼-생명-목숨, 마음, 즉 사랑이나 인내 등의 느낌이나 행동양식-의지-이해력-지력, 동물-생물-생령-사람, 그리고 죽은 몸을 표현하는 명사(名辭)입니다. 많지 않은 어휘로 여러 의미를 드러내는 히브리어의 특성에서 볼 때, '숨 쉬는 인간으로서 네페쉬'는 물, 흙, 바람의 결실이자, 깊이 있는 물, 물에 떠 있는 흙, 물을 길어올리는 바람, 이것들의 결정체입니다. 그래서 아래에 있는 것, 즉 'sub'이라는 접두어는 존재의 근원을 말할 때 사용될 만큼 경이롭고도 신비한, 하지만 두려움을 주는 언어인 듯합니다.

substance라는 단어는 essence라는 말과 함께 존재를 표현할 때 사용되며, 'sub+stance', 'sub+se tenir'의 합성어로 볼 수 있습니다. 'sub'은 아래, 밑에, 밑으로, 속으로 등의 의미를 지닙니다. 그러니까 땅 아래 땅 밑에 있는 무엇, 땅 밑으로 땅속으로 가면 있는 어떤 것 등의 심층적이고 근원적인 어떤 것을 지칭하는 접두어입니다. 'sub+stance'에서 'stance'는 stare(서다, 버티다), se tenir'(머물러 있다)의 의미를 지닙니다.

이런 점을 고려해서 생각해 볼 때, 땅 아래에 버티고 있으면서 땅을 지탱하는 어떤 것이 바로 '존재'입니다. 앞서 말씀드렸듯이 탈레스가 그렇게 말했습니다. 「창세기」(공동번역/공동번역 개정판) 1장 2절 또한 탈레스의 주장과 비교해서 생각할 수 있습니다.

> 땅은 아직 모양을 갖추지 않고 아무것도 생기지 않았는데, 어둠이 깊은 물 위에 뒤덮여 있었고 그 물 위에 하느님의 기운이 휘돌고 있었다.

이 내용을 보면, 깊은 물 위에 어둠과 모양을 갖추지 않은 땅이 있다고 합니다. 여기서 '깊은 물'은 히브리어 테홈(Tehom)인데, 깊음, 심연, 심해 등을 의미합니다. 이처럼 「창세기」 1장 2절과 「창세기」 2장 6절은 땅 아래에 있는 물을 보여 주고, 그것이 생명을 형성하는 데 어떤 역할을 하는지를 보여 줍니다. 이 말은 '물이 땅을 떠받치고 있다'는 탈레스의 생각과 연관성이 있습니다. 존재, 근원이라고 보는 '깊은 물'은 만물의 생명 유지에 없어서는 안 될 소중한 것입니다. '기운'(바람)은 땅 위로 물을 끌어올리는 동력입니다. 동물이 땅 위에 고이거나 흐르는 물을 찾아다니고, 생물이 땅 아래로 뿌리를 뻗어 수분을 취하고, 땅이 물을 머금은 생명의 처소를 마련하려면 어떤 조건이 필요할까요?

이런 물음에 아리스토텔레스가 답을 제시했습니다. 그는 저서 『영혼에 관하여』에서 식물은 양분을 섭취하려는 영혼을 깃고 있고, 동물은 여기에다 이동하려는 영혼을, 사람은 여기에다 자신의 근원에 대하여 탐구하는 영혼을 갖고 있다고 했습니다. 그가 말한 영혼은 그리스어로 ψυχή(프시케), 영어로 psycho(싸이코)인데, '정신', '심리' 등으로 번역되기도 합니다. 그러니까 식물, 동물, 사람이 정도의 차이는 있겠지만 프시케(ψυχή, psycho)를 갖고 있다는 겁니다. 하지만 그 이후의 철학이 '프시케'를 정리하면서 그 기준을 인간의 언어작용에 두다 보니 식물과 동물에게 '프시케'가 있다는 것을 소홀히 다루었습니다.

우리가 사는 문화에서 볼 때, '심리'는 인간만 가진 인간만의 고유한 기제입니다. 이런 상황에서 물, 땅 그리고 바람의 '프시케'를 이야기한다는 것은 터무니없어 보입니다. 인간이 '프시케'를 갖지 않은 것이라고 취급하는 것들에 대하여 취하는 태도는 '모양을 갖추지 않은 땅'과 '깊은 물'을 표현한 데서도 잘 볼 수 있습니다. 사람은 '아무 모양도 없고 아무것도 없는 땅'과 그것을 떠받치고 있는 깊은 물에 대하여 어떤 태도를 가졌을까, 이것을 추정하는 것은 그리 어려워 보이지 않습니다. 왜냐하면, 땅과 물을 서술

하는 언어에 그것이 나타나기 때문입니다.

'모양도 없고 아무것도 없다'는 술어나 '깊다', '휘돈다'는 표현은 말로 할 수 없는 어떤 모습을 보여 줍니다. 인간의 언어로 감당할 수 없는 무엇을 그것에게서 느낀 것입니다. 「창세기」를 서술한 공동체는 그 실재와의 첫 대면에서 그것의 어떠함을 표현하는 술어를 찾다가 고심한 끝에 '아무 모양도 없고' '아무것도 없는' 땅, '깊은' 물, '휘도'는 기운(바람)이라고 묘사했습니다. 인간의 언어는 그 실재를 표현할 어휘도, 그 실재가 드러내는 위엄을 감당할 표기법도 갖고 있지 않은 듯 보입니다.

인간이 경험한 '땅·물·기운'은 무한한 생명을 내어 주는 것과는 거리가 먼 실재처럼 보이지만 만물이 거할 근거가 됨을 볼 수 있습니다. 인간의 생성에 관여한 '땅·물·기운'은 인간의 생명 유지에 필요한 실재입니다. 이러한 실재를 대면하는 인간은 그것에게서 공포(phobia)를 느꼈을 것입니다. 모양이 없고 민둥해서 두려웠고, 깊고 거침없어서 무서웠을 것입니다. 점차 모양을 갖추거나 꾸미면서, 측정하거나 제어하면서 친근하게 되었지만 때때로 그 실재가 본연의 모습을 드러낼 때면, 다시금 처음의 그 느낌에 휩싸이게 되었을 것입니다.

인간은 이런 실재를 '자연'이라는 이름의 언어에 감금하려고 했지만, 어쩌면 한 번도 갇힌 적이 없었을 수도 있을 정도로 자연은 자연일 뿐일 수도 있을 것입니다. 인간이 문명을 발전시키는 가운데 정복하고자 했던 자연, 그것은 우리 인간의 언어로 감당이 될 것인가? '열 길 물속은 알아도 한 길 사람 속은 모른다'고 말하면서 자연의 근원을 인간의 언어로 감당했다고 선언해 왔지만, 그것이 진실이 아니라는 것을, 사실이 그것과 반대라는 것을 모르는 사람이 있을까? 한 길 사람 속을 연구하기 위해 여러 분야가 동원되고 있지만, 열 길 물속을 탐색하기 위해 어떤 분야가 필요하고 아직 준비도 되지 않았다는 것을 우리만 아는 것일까?

윤동주는 지금의 시점에서 자연이 우리에게 보여 주는 계절의 밤하늘을 보면서 시 한 편을 남겨 놓았습니다. 그가 쓴 「별 헤는 밤」에는 언덕 모양의 땅과 그 땅 위에 파란 잔디(풀)를 피어나게 하는 물과 아침에서 밤으로 가을에서 겨울로 겨울에서 봄으로 이끄는 시간의 바람과 저녁 바람이 불면 네온사인으로 박힌 이름이 피어나는 별이 있습니다. 윤동주가 거닐었던 땅에는 그가 썼던 이름이 묻혀 있고, 그 이름은 땅과 물의 자양분을 받아 무성한 풀이 되어 자라고 져서, 바람에 실려 날려 간 풀씨에 담겼다가 이제 하늘의 별에서 싹을 틔우고 피어납니다. 바람이 부는 언덕에 서면, 가슴에 품어 둔 뜨거운 이름, 바람에 실려 보낸 목청까지 올라오는 이름, 감당할 수 없는 이름, 그 이름이 누구에게나 있을 듯합니다. 그 충만한 이름을 지켜 내고 감당해 내어야 하는 윤동주의 별 헤는 계절이 한창입니다.

풍요 속에서도
간절하게 궁핍을 원하는 이유는
무엇일까요?

창조의 근원이 되고 생명의 근거가 되는 물과 관련한 재미있는 말씀 잘 읽었습니다. 『마농의 샘』 이야기에서부터 바슐라르의 물질적 상상력을 연상시키는 설명을 구약성서의 「창세기」에서부터 아리스토텔레스의 『영혼에 관하여』에 이르는 방대한 인문학적 지식을 바탕으로 전개해 주셔서 '물'이라는 실재에 대해 많은 생각을 하게 되었습니다. 언어 또한 그러한 물과 같은 것이겠지요. 고인 물, 부드러운 물, 흘러가는 물에서부터 사나운 물, 난폭한 물에 이르기까지 언어 또한 그러한 다양한 성질을 가지고 있는 듯합니다. 물과 같이 무한한 변용이 가능한 언어 중에서도 충만한 의미를 지닌 이름(언어)을 지켜 나가는 일이 결코 쉬운 일이 아니라는 것을 윤동주의 시를 통해서도 생각하게 됩니다.

그런데 물과 같은 성격을 지닌 것이 또 무엇이 있을까 생각해 보았더니 그것은 현대 사회에서 돈 혹은 자본일 수도 있겠다는 생각이 들었습니다. 지금의 시대를 흔히 4차 산업혁명의 시대라고 말합니다. 그리고 급속하게 화폐 혁명이 일어나는 중이라고도 합니다. 가상화폐의 열풍이 뉴스의 지면을 달구고 많은 이들이 일확천금을 꿈꾸며 흔들리고 있습니다. 우리는 지금 돈(자본)이 지배하는 세상에 살고 있습니다. 자본은 인간의 공기가 되었으며 우리의 몸속에는 자본의 피가 흐르고 있습니다. 돈은 사람들에게 라이프스타일, 가치관과 생활방식, 사회 관계망 전체를 바꿀 만큼 우리 삶을 지배하는 것 같습니다(이하준, 2017).

짐멜은 그의 명저 『돈의 철학』에서 "돈은 한 가지의 목적에 관련되는 것이 아니라 그것은 목적의 총체와 관련을 맺게 된다. 돈은 수단이 목적으로 변화되는 가장 극단적인 보기다. 돈이 절대적인 수단이면서 동시에 대부분 사람에게 심리상 절대적인 목적이 된다"고 말하고 있습니다. 과연 그의 말은 돈의 본질에 대해 핵심을 잘 찌르고 있는 것 같습니다. 한국 사람들이 왜 그리도 "돈, 돈" 하는지 이해가 되기도 합니다. 돈의 소유는 '독특한 자아 확대를 가능'하게 합니다. 그리고 소유물은 자아의 영역과 표현이기 때문에 '소유물은 자아가 확대된 것'이라고도 할 수 있을 것입니다.

이러한 화폐경제가 지성주의 문화를 발전시키는 데 일조했으며, 전문가 문화와 합리주의적 생활양식, 경험주의적 사고, 경험주의 학문을 확산·발전시켰다고 짐멜은 말합니다. 그러나 우리나라의 경우는 화폐경제가 이기적 개인주의와 착취적 개인주의를 발달시키는 데는 일정 부분 이바지한 듯하나, 심각한 문화 지체 현상을 초래하였음은 주지의 사실이라 할 것입니다. 결국 돈을 지배할 것인가, 돈에 지배당할 것인가의 문제인데, 우리의 경우 그것은 정신을 풍요롭게 하는 주관문화가 물신문화와 즉물문화에 압살당한 형국(이하준, 2017)이라 할 것입니다.

벤야민의 지적처럼 이제 자본주의는 하나의 종교로 볼 수 있을 듯합니다. 벤야민은 자본주의를 "꿈을 수반한 새로운 잠"으로서 "유럽을 덮친 하나의 자연현상"으로 보고 "이러한 잠 속에서 신화적 힘들이 재활성화된다"고 보았습니다. 여기서 '새로운 잠'이란 자본주의 속에 만발한 상품물신주의를 말하며, 꿈이란 자본주의의 눈부신 모습, 기술 유토피아, 역사의 진보에 대한 믿음을 포함하는 것입니다. 이러한 상품물신주의의 성전으로 벤야민은 만국박람회와 아케이드를 들고 있습니다. 만국박람회는 물신 상품을 위한 순례지로서 만국의 최고 상품, 기존에 없던 상품을 선보이는 장소입니다. 거기서 관객들은 상품들의 눈부신 아우라에 눈이 휘둥그레지고 마치 꿈에 그리던 세계에 온 듯한 환상을 제공받습니다. 아케이드는 물신에 대한 욕망이 가장 자연스럽게 펼쳐진 공간으로서 눈부신 자본주의 세계의 축소판이라 할 수 있습니다. 그곳은 19세기 자본주의가 선사한 꿈과 유행, 감각의 도취와 흥분이 항상 살아서 꿈틀거리는 공간, 물신성이 지배하는 공간이기도 합니다.

쇼핑 카트를 밀며 간다

이제 막 구워낸 향긋한 빵 냄새,

종가집 김치의 풍성한 맛이며

맛있게 구워진 은행알 노릇한 빛깔처럼

생활이 충만한 미로 속을 간다

카트 위에 어린 딸을 앉히고

화엄의 미로 속을 간다

자본이 미만*해 있는 통로들엔

요염한 자태를 뽐내며 상품들이 손짓한다

두둑한 지갑만 있다면야

무슨 불행이 있으랴마는

밖으로 소비를 부추기는 미녀들과

안으로 번쩍이는 골드 카드의 유혹,

화엄이 아니라 화염이다

언제나 모자라는 현금의 고통이여

리비도는 폭발하여 열반하려 한다

경계를 부수고 환상적 소비를 해 볼까?

전자상가에 번쩍이는

현란한 디지털 화엄의 번뇌여!

* 미만(彌滿/彌漫): 널리 가득 차 그들먹함.

오늘도 숨을 몰아쉬며 허덕이며

고달픈 자본의 언덕을 기어오른다

금강의 바위를 지나

반야의 언덕을 지나니 거기

열반 화엄의 파노라마가 펼쳐진다

번뇌가 곧 열반이리라

극빈의 화엄풍요, 환상의 화엄극빈

조금 무거워진 쇼핑 카트를 밀며 황홀한 통로를 나온다

어린 딸과 함께 자본화엄 미로 속을 빠져나온다

언제나 내 번뇌의 뿌리인 자본의 궁핍

언젠가 내 기쁨의 화엄인 어린 딸아이가

거실에서 손바닥만한 화엄경을 가지고 놀았었지

선재동자인 양 착각했었지

화엄경은 내 어린 딸의 장난감이었지

화엄은 내 기쁨의 뿌리요,

자본은 내 번뇌의 뿌리요,

열반의 근거이다

- 「자본과 화엄-리비도는 언제나 열반을 꿈꾼다」.

위의 시에서 화자는 자본주의의 향기가 풍기는 상품의 미로 속을 어린 딸과 함께 순회합니다. 시각과 후각과 미각을 자극하는 상품화엄의 미로 속을 가로지르는 화자는 자본의 요염한 자태와 유혹에 마음이 흔들리면서도 한편으로는 고통을 느낍니다. 빈약한 지갑 때문입니다. "언제나 모자라는 현금의 고통"으로 화자는 화엄이 화염이 되어 타오르는 불행감을 호소합니다. 여하튼 불처럼 타오르는 유혹을 절제해야만 하는 화자의 리비도는 상품의 유혹과 자본의 결핍 사이에서 경계를 부수고 일탈의 충동마저 느낍니다. 오늘도 숨을 몰아쉬며 번뇌에 허덕이며 고달픈 자본의 언덕을 기어오르는 화자는 금강과 반야를 통해 그러한 번뇌조차도 극락인 경지를 꿈꾸고 있습니다.

화자는 마침내 극빈에서 화엄풍요를 느끼며 환상의 화엄극빈을 지각하며 어린 딸과의 산책을 마치고 미로를 빠져나옵니다. 언제나 번뇌의 뿌리인 자본의 궁핍이 야속하지만, 모든 기쁨의 총화이자 기쁨의 화엄인 딸이 있기에 화자는 궁핍 속에서도 기쁨을 누립니다. 화자는 자본이 번뇌의 뿌리이자 열반의 근거임을 자각하고 있습니다. 그러나 자본주의의 치명적 유혹은 유하의 시 「체제에 관하여」에서 보여 주고 있듯이 인간의 욕망과 허영을 증폭시키면서 수족관에 갇힌 산낙지처럼 사람들을 자신의 체제에 맞게 길들입니다.

소비사회 속에서 사는 우리의 운명은 수족관에 갇힌 산낙지와 같은 것인지도 모르겠습니다. 가게주인은 산낙지에게 필요한 공기와 물을 지속적으로 공급해 주지만, 그것은 어디까지나 가게주인의 이윤을 위한 것입니다. 포획된 산낙지가 싱싱해야 더 많은 손님이 가게를 찾아올 테니까요. 그러나 주인이 넣어 준 공기가 "아우슈비츠의 독가스보다 더 잔인하고 음흉하다"는 사실을 깨닫고 있는 산낙지가 몇이나 될까요? 그리고 그것을 깨닫는다 한들 무겁게 닫힌 뚜껑을 어찌할 수도 없을 것입니다. 분업과 전문화를 통하여 산업자본은 우리가 가진 야성과 잠재능력을 완전히 무력화하고 있습니다(강신주, 2009).

유하의 시에서 '수족관에 갇힌 산낙지'는 분업화된 사회에서 파편화된 지식만을 배우는 우리 현대인을 상징하고, '가게 주인이 공급하는 공기'란 자신의 전문화된 노동의 대가로 해서 받는 임금이겠지요. 그러나 임금이란 더 큰 자본의 형태로 회수되기 위해 일시적으로 제공되는 것에 불과하지요. 가게주인이 산낙지에게 공기를 주입하듯이 자본가는 노동자에게 임금을 줌으로써 노동자가 다시금 소비자가 되어 자본가의 상품을 구매해 줌으로써 자본가는 자신의 잉여가치를 창출하는 것입니다.

이렇게 상품화와 교환가치에 의해 평가되는 자본주의 체제에 길든 사람들은 물신(物神)의 노예가 되어 갑니다. 사람은 돈을 따라가고 돈이 사람을 만듭니다. 돈을 쥔 손이 힘센 말을 하고 돈을 잃은 사람은 사람다운 삶을 살 수가 없습니다. 삭막한 자본주의 물신세상에서 돈은 자신의 형상대로 인간과 사회를 주조합니다. 박용하가 그의 시 「돈」에서 토로하듯이 "이익 없이는 아무도" 오지도 않고 가지도 않는 차가운 세상, 부모형제는 물론 마누라나 친구도, 돈에 관해서라면 누구도 믿을 수가 없습니다. 돈이 사람을 울리고, 돈이 사람을 속입니다. 차가운 자본주의는 세상을 메마르게 합니다. 우리는 따뜻한 자본주의 세상을 회복해야 합니다.

맹자는 인간의 본성이 원래 선한데, 물욕(物慾) 때문에 악해진다고 말합니다. 돈 때문에 선한 인간성을 팽개치는 사악한 인간들이 우리 주변에 너무도 흔하게 있습니다. 그렇다면 자본주의 사회의 물화현상을 반성케 하고 그 결핍을 보완해 주어야 할 문학의 본분은 무엇일까요? "돈이 자본주의의 꽃이라면, 시는 인간 정신 혹은 인간 언어의 꽃"이라고 말한 정끝별 시인은 "드물게 돈이 안 되는 것 중의 하나가 시이고, 드물게 돈으로 안 되는 것 중의 하나가 시"라고 단언하기도 합니다.

시인 함민복은 시 「긍정적인 밥」에서 화자의 입을 빌려 자신이 쓴 시에 대한 금전적 가치에 대해 불만을 표합니다. 시 한 편을 써서 매체에 발표하면 원고료가 고작 삼만 원이고 시집을 한 권 팔면 삼천 원인데, 그중에 시인에게 돌아오는 인세는 삼백 원이라고 말합니다. 이에 대해 시인은 든 공에 비해 시 한편의 대가가 너무 박하다고 생각합니다. 그러나 시인은 돌이켜 다시 생각합니다. 삼만 원이면 쌀이 두 말이고, 삼천 원이면 국밥이 한 그릇인데 자신의 시가 과연 사람들의 가슴을 따뜻하게 데워 줄 수 있는 값어치가 있는가 하고 스스로에게 되묻습니다. 생각을 돌리면 시인이 박하다고 생각했던 것들이 따뜻한 밥이 될 수도 있고 사람들 가슴을 따뜻하게 데워 줄 국밥 한 그릇이 될 수도 있고 맛을 내는 굵은 소금 한 됫박이 될 수도 있음에 만족합니다. 물질적인 가치에만 집착하여 자신이 쓴 시의 참다운 의미를 망각했던 시인은 시가 세상 사람들의 마음을 채워 주고 가슴을 따뜻하게 데워 줄 수 있는 '푸른 바다'처럼 아름다운 것임을 떠올리고 자신의 내면을 다시금 성찰하고 있습니다.

고재종의 시 「파안」은 가난 속의 풍요를 느끼게 히는 시입니다. 마을 주막에 나가서 단돈 오천 원을 내미니 소주 세 병과 두부찌개 한 냄비를 내놓는다는 도입부는 독자들에게 과연 오천 원으로 될까 하는 의구심을 자아내지만, 무척이나 푸짐하고 넉넉해 보이는 마을 주막의 풍경입니다. '소주 세 병에 두부찌개 한 냄비'면 다섯 명의 노인들이 풍성한 잔치를 벌일 수 있는 '오래된 미래' 같은 동네가 그립습니다. '허허허 허허허' 웃으며 큰 대접 받았다고 감탄하는, '볼그족족한' 노인들의 모습이 훈훈합니다. 이처럼 궁핍해 보이지만 풍요로운 시골의 풍경은 우리가 꿈꾸는 공동체의 모습인지도 모르겠습니다. 풍요가 넘치는 물질의 화엄시대에도 우리의 마음 한편에는 간절히 궁핍을 원하는 마음이 있는 법이지요.

우리는 왜 그토록 궁핍을 그리워하는 것일까요? 온갖 번뇌의 잡티가 사라져 마음이 푸른 하늘처럼 맑게 텅 빈 상태, 그것은 곧 우리의 마음의 영원한 고향인지도 모르겠습니다. 텅 빈 마음의 에너지, 공(空) 에너지는 곧 우주에 충만한 생명에너지이므로 갈래갈래 찢긴 우리 마음을 꿰매 주기 때문일까요? 아니면 우리 자체가 무(無)에서 왔으니, 무란 곧 우리의 영원한 고향이기 때문일까요? 하지만 '처절함이 없이 어찌 고향에 이르겠는가?'라고 화두를 던지셨던 청화스님의 맑은 모습과 고독의 철학은 많은 것을 생각하게 합니다.

문명의 진보와는 별 상관없이 궁핍이 생활화되어 살아가면서도 불만스러워하지 않으며 오히려 생을 달관한 듯한 오지 사람들의 행복한 표정들을 담은 다큐멘터리를 볼 때마다 우리는 진한 감동을 받습니다. 이들은 세계 곳곳에 있지요. 이런 오지에서, 최소한의 생존조건 속에서도 행복하게 살아가는 사람들은 많고, 그들을 취재한 프로그램들은 더욱 생생하고 절절하게 삶의 본질이 뭔가를 생각하게 합니다. 우리는 왜 궁핍(窮乏)의 정신을 통해서만 예술의 세계, 구원의 세계에 이를 수 있는 것일까요?

문화가 불편하고
불쾌하게 다가왔습니다

시인께서는 언어를 물과 같이 무한한 변용이 가능한 성질을 가진 것으로 보았고, 또한 돈 혹은 자본을 그렇게 보았습니다. 그리고 자본주의에 관한 짐멜, 벤야민의 냉철한 시각을 제시해 주셨고, 화폐경제의 시대에 시인이 살아가는 모습을 「자본과 화엄-리비도는 언제나 열반을 꿈꾼다」는 시로 표현해 주셨습니다. 시인은 언어를 통해 삶의 충만한 의미를 지켜 나가고자 하지만 그것이 쉬운 일이 아니고, "삭막한 자본주의 물신세상에서 돈은 자신의 형상대로 인간과 사회를 주조"한다고 말씀하시면서 "우리는 따뜻한 자본주의 세상을 회복해야" 한다고 주장하셨습니다. 또한 시인 유하의 「체제에 관하여」, 박용하의 「돈」, 정끝별의 『돈詩』, 함민복의 「긍정적인 밥」에서 인용하시면서, 분업화와 전문화의 시대에 무력화된 인간의 야성과 잠재력, 돈 때문에 선한 인간성을 팽개치는 사악한 인간들, 자본주의 사회의 물화현상을 반성케 할 문학의 본분, 물질적 가치를 내면의 성찰로 평가한 자신의 모습 등을 다뤄 주셨습니다.

이런 기대가 어떻게 현실에서 이루어질 수 있을까 생각해 보다가, 종교적 의례와 기념일 등 인류의 문화를 되돌아보게 되었습니다. 종교적 의례에 참여하러 가는 신앙인은 참회의 마음을 갖고 가고, 감사의 재물도 함께 가지고 갑니다. 재단 앞에서 신앙인은 그 마음을 언어로 쏟고, 물질로 바치고, 행동으로 결단하고 실천합니다. 이걸 두고 회개와 감사, 헌금, 봉사 등 여러 말로 표현합니다. 이런 마음과 행위는 종교뿐 아니라 각종 모임과 기념일에서도 나타납니다. 그리고 그것을 중심으로 문화가 형성되었을 것입니다.

이런 것의 바탕에는 자연이 있습니다. 태양을 중심으로 사고하는 문화에서는 태양의 운행에 따른 절기와 기념일을 지키고, 달을 중심으로 사고하는 문화에서는 달의 운행에 따른 절기와 기념일을 지킵니다. 더 나아가서는 하늘에 있는 천체 가운데 특정한 것을 중심으로 하여 절기를 지키기도 합니다. 태양과 달, 별 등은 하루 단위로 움직이면서 순(旬), 월(月), 연(年) 등의 세월을 만듭니다. 그것의 원리를 연구하고 경험한 인간은 그것을 통해 가치를 만들어 냅니다. 기독교문화도 지구를 중심으로 한 우주의 기원을 설명하는 경전을 갖고 있는데, 이 경전을 해석하면서 피조계를 경영하는 신과의 관계에서 의례와 절기를 갖게 되었습니다. 불교문화뿐 아니라 수많은 종교와 문화도 의례와 절기를 가지며 그 속에는 각각의 종교와 문화가 추구하는 정신과 이념이 담겨 있습니다.

그래서 각 문화는 '자연(실재)과 언어'의 관계를 표현하는 총체적인 모습을 하고 있습니다. 이런 총체성은 의례에 집약되어 절기마다 강조되는 의례는 문화마다 차이가 있고, 그것을 통해 추구하는 바가 더 분명하게 나타나게 됩니다. 의례와 절기는 주기적으로 반복됩니다. 그 반복이 역사를 만들고, 문화를 형성하고, 가치를 창출합니다. 오랫동안 반복적으로 이뤄진 의례와 절기가 만든 역사, 문화, 가치는 순탄한 길을 걸어온 것이 아닙니다. 그 속을 들여다보면, 잔인한 싸움이 있고, 악취 풍기는 냄새가 있고, 가치를 무너뜨리고 다른 가치로 대체하려고 했던 때가 있었습니다. 그때마다 반복해서 발생한 것이 개혁입니다. 개혁은 충만한 의미를 지닌 이름(언어)을 지켜 내려는 투쟁입니다. 이를 위해 격한 마찰도 있었습니다. 이 일을 위해 삶을 바치는 것 자체가 직업으로 이어지는 경우도 있었습니다. 이처럼 '역사'는 무한하게 변용하는 물처럼 사명을 가진 사람을 용솟음치게 하여 자신의 길을 갑니다.

이런 행위를 프랑스의 철학자 라캉은 종교에 비유하여 '항아리에 꽉 찬 것을 비워 내는 것', 예술에 비유하여 '항아리에 담긴 것과 항아리 사이의 간극을 다루는 것', 학문에 비유하여 '항아리가 비워지는 것을 거부하고 끝없이 채우고자 하는 것(연구와 글쓰기)'이라고 말했습니다. 그의 말을 들으면, 오래전부터 선각자들은 꽉 채워진 마음을 비우고자 했고, 예술가들은 일반인이 보지 못하는 그 간격을 보고서는 괴로워하고 그 아픔을 승화하는 예술적 삶을 살았고, 학자들은 결여가 있는 것을 메우려고 연구하고 언어를 연마하여 개념을 발전시킨 기제를 볼 수 있습니다.

앞서 시인께서는 궁핍이 생활이 되어 살아가는 사람들, 최소한의 생존조건 속에서도 행복하게 살아가는 사람들을 이야기하셨습니다. 이 말씀은 12월 하순에 서 있는 저에게 다시금 자연을 돌아보게 합니다. 오늘은 비 내리는 크리스마스 전날입니다. 마당에 서 있는 낙엽 진 나뭇가지에 빗방울이 맺혀 있습니다. 마치 죽은 나뭇가지가 흘리는 눈물 같습니다. 하지만 시인의 글을 읽고 다시금 보니 마치 그것은 행복해서 흘리는 눈물이라고 생각되었습니다.

내일모레면 영하 10도의 혹한이 찾아온다고 합니다. 이토록 추운 겨울을 견디기 위해 이 나무가 잎사귀를 모두 떨어내고 앙상한 모습만 남기는 이유를 생각해 봅니다. '참 기특하다, 정말 위대하다, 참 오묘하다'는 말이 절로 터져 나옵니다. 이 나무는 행복해지기 위해서, 다시 내년 봄에 새로운 잎을 내기 위해서, 나와의 만남을 위해서 자신이 가진 것을 버리고 행복을 꿈꾸며 자는 것이 아닐까요? 화려한 단풍축제를 끝으로 모진 바람의 도움을 받아, 겨울을 보낼 적절한 체중을 유지한 채 말입니다.

마당에 서 있는 육엽송의 잎새도 물방울을 머금고 있습니다. 저 나무의 바늘처럼 가는 여섯 잎새마다 맺힌 물방울은 어떤 의미일까요? 혹독한 추위 가운데도 동사(凍死)하지 않고 빛깔도 흐트러짐 없이 오롯이 서서, 얼리고 녹이는 해시계의 가혹한 시험

과 눈의 무게가 주는 등골 휘는 듯한 아픔 속에서, 겨울을 이겨
내는 힘은 어디서 나올까요? 이번 가을에 재직 중인 학교에 아프
리카에서 유학생이 많이 왔습니다. 늦여름에 온 학생들이 가을을
지나 우리의 혹독한 겨울을 맞이하자 문화적인 충격도 충격이지
만 자연에서 오는 어려움을 더 절실히 느꼈을 것입니다. 그래서
인지 여기저기서 두통, 감기 등 여러 증상이 나타났습니다. 하지
만 이들도 봄이 오면 자연이 가져다준 행복을 느끼지 않을까요?
그들은 어떤 힘으로 겨울을 이겨 낼까요?

이처럼 자연과 인간의 궁핍은 다르면서도 같다는 생각이 듭니
다. 조금 오래된 이야기지만, 3년 전 어머니가 돌아가셨습니다.
아시는 분들만 빈소를 찾아 애도해 주셨고 뒤늦게 알게 된 저의
제자는 무언의 위로와 함께 『오래된 미래』(중앙북스, 2015)를 건넸
습니다. 이 책은 세계화 앞에 놓인 인도 라다크(Ladakh) 지역에 관
한 보고서입니다. 카슈미르 동부의 히말라야 지역을 넘어 카라코
람의 하부에 있는 라다크는 해발 700m의 고봉과 불모의 계곡으
로 이루어진 곳입니다. 거센 바람과 부족한 일조량, 풍요롭지 못
한 토양과 절대 부족한 급수원으로 인해 인간의 생존이 매우 어
려운 곳입니다. 이런 곳도 신자유주의의 기운이 등장하여 삶의
변화를 부추기고 있습니다. 그래서 라다크의 전통과 변화, 그리
고 미래를 염려한 민간운동기구의 관계자들이 라다크 사람들과
함께 과거와 현재 그리고 미래에 대하여 고민하였습니다. 저자인
헬레나 노르베리-호지는 그런 노력을 이 책에 담았습니다.

시인께서도 말씀하신 "오래된 미래 같은 동네"는 우리에게서 사라진 모습이자 잊힌 기억입니다. 물론 일부의 기억이 있고, 사진이나 글 속에서 추억으로 남아 있겠지만 되돌릴 수 없는 것입니다. 얼마 지나지 않은 과거의 모습이지만 미래에도 계속해서 보고 싶은 것, 그래서 남아 있는 과거라도 보존하고자 하는 민간 주도의 운동이 일어납니다. 그래서 이것을 염원할수록 고고학에 대한 기대치는 커지고, 그런 고고학적 유산이 우리 후손에게 고스란히 전해지기를 희망하기도 합니다. 이런 면에서 『오래된 미래』(Ancient Futures, learning from Ladakh)라는 책 제목은 참 역설적입니다. 시간의 제약을 받지 않고 늘 현재와 함께하고 싶은 마음이 '오래된 미래'라는 표현에 담긴 것이 아닐까 합니다. 시인은 여기에 도달하려면 "간절한 궁핍을 원하는 마음"이 요청된다고 말씀해 주셨습니다. 미래로 갈수록 현재보다는 더 풍요로운 삶의 조건이 갖추어질 텐데, 어떻게 해야 궁핍한 마음을 유지할 수 있을까요?

시인께서는 "물질적 풍요의 이면에 간절히 궁핍을 원하는 또 하나의 마음들이 있다고 정신분석학에서는 말합니다"라는 언급과 함께 궁핍에 대해 해설하셨습니다. 여기서 '궁(窮)'은 '다한다, 끝나다, 그치다, 떨어지다, 가난하다' 등의 의미를 가지고 이것은 체험을 통해 알게 된다고 하셨습니다. 시작이 없었다면, 처음부터 아무것도 없었다면, 끝이 나거나 떨어지거나 부족하거나 하지 않을 것입니다. 정신분석학이 인간이 태어나고 자라면서 갖게 되는 정신의 궁핍을 다루면서 생성된 것이다 보니, 시작이 어떠했는지에 무척 관심이 많습니다. 그래서 정신분석적 행위는 그 시작점을 향해 찾아가는 여정이라고 봅니다. 주체의 역사를 복원하는 것입니다.

분석가(analyste)는 분석수행자(analysant)가 기억을 더듬어 그곳에 도달할 수 있도록 돕는 자입니다. 정신분석가 자크 라캉은 그 지점을 '망끄(manque)'라고 부릅니다. 망끄는 결함이 있고, 결여가 있다는 의미인데, 그것은 태어나면서부터 불안을 느끼는 인간이 갖는 '원초적인 구멍'입니다. 인간의 정신이 형성될 때 이 구멍을 에워싸면서 비롯됩니다. 인간의 정신은 육체와 결합하면서 육체를 통해 그리고 언어를 통해 그 구멍의 모습을 드러냅니다. 마치 시인께서 "돈은 자신의 형상대로 인간과 사회를 주조"한다고 말씀하셨듯이, 그 구멍은 자신의 형상대로 사람의 정신을 주조합니다. 이 구멍이 크면 큰 대로, 작으면 작은 대로, 막히면 막힌 대로 구멍의 모습을 보여 줍니다. 이 구멍의 실존을 보고 다루는 것이 정신분석입니다.

서양사회에서는 오래전부터 인간의 몸을 자연의 일부라고 생각했습니다. 그래서 그리스의 자연철학자들은 자연(ψυσις, 퓌시스, nature)과 정신(ψυχή, 프시케, psyche, 싸이케)을 구분하지 않고 사유하였습니다. 심리, 영혼이라고 번역하기도 하는 '정신'과 '자연'이 분리되기 전에는 정신이 자연의 일부분이거나 부차적인 것으로 이해되었습니다. 그런데 그리스의 인문주의철학자들(소피스트, 소크라테스, 플라톤 등)은 자연에서 정신을 분리하여 생각했습니다. 소크라테스가 '너 자신을 알라' '너 정신을 돌보아라'고 한 말에서 보듯이, 자연에서 분리된 정신이 중심적인 위치를 차지하게 됩니다. 이 흐름이 오늘날까지 지속하며 문화(문명)가 발전하였지만, 자연을 도외시하는 부정적인 결과(생태문제 등)를 낳기도 합니다.

이런 상황에서 등장한 정신분석은 지언으로서 몸과 정신으로서 몸을 분리하지 않고 연결하면서 인간의 몸을 이해하고 돌보는 일을 하고 있습니다. 그리스의 인문주의철학자들 가운데 플라톤이 말한 이데아, 선의 이데아는 덕의 4요소(지혜, 용기, 절제, 정의)를 갖춘 정신의 근거입니다. 바로 이런 정신을 소유한 사람이 국가를 통치한다면 국가다운 국가가 된다는 원리에서 정신의 우위성(기능성)을 주장했습니다.

또한 아리스토텔레스는 『영혼에 관하여』에서 자연철학자로부터 인문주의철학자로 이어지는 영혼론(정신론)을 저술하면서, 분리된 '자연과 정신', '자연과 문화'를 다시 통합하려고 시도하였습니다. 이런 시도가 500년 이상 이어지면서 귀착한 것이 신플라톤주의(Neo-platonism)입니다. 이 사상은 그리스의 철학(플라톤과 아리스토텔레스)을 하나의 통일된 체계로 엮으면서 정리한 이론입니다. 이 이론은 일자(一者, ἕv, unum)로부터 하강(下降)과 일자에로의 상승(上昇)으로 구성되는데, 일자로부터 하강하는 가운데 '지성(vοῦς, 누스, 정신으로 번역하기도 함)-정신(ψυχή, 프시케, 혼, 영혼으로 번역하기도 함)-물질(ῦλη, 힐레)'이 형성되고, 일자에로의 상승 시

'물질-정신-지성'이 통합됩니다. 이런 체계는 '정신의 질서'라고도 부를 수 있습니다.

이러한 사유는 서방 라틴세계에 전파되어 중세시대에 자연과 정신, 자연과 문화의 통합을 설명하는 원리가 됩니다. 중세 철학자 아우구스티누스는 신플라톤주의를 기독교 체계에 도입하여 '스콜라학'의 토대를 놓은 학자입니다. 그에게서 비롯된 사유는 중세시대에 실재론(Realism, 實在論)의 흐름을 이끌었고, 보편개념(universalism concept)을 정리하는 데 이바지했습니다. 하지만 실재론에 의견을 달리하는 학자들도 있었는데, 이들은 신플라톤주의에서 말하듯이 하강과 상승의 과정을 통해 보편개념이 형성되는 것이 아니라고 보았습니다. '유명론(Nominalism, 唯名論)'이 이들의 주장입니다. 즉, 유명론에서 볼 때, 일자에서부터 비롯되어 사물에 대응적으로 적용되는 보편실재론의 개념은 일자가 전해 주는 일방적인 이야기이기 때문에 사물의 문맥에 따라 재조정되어 다시 이야기되어야 했습니다. 용어에서 보듯이, 이름(nom, name)은 주어진 것이 아니라 다시 이야기되어져야 하는 것, 일자가 사물을 규정하는 것이 아니라 오직 사물이 스스로 말하도록 하는 것입니다. 단지 사물에 대한 이름이 있을 뿐이라는 유명론은 '오캄의 면도칼'이라는 표현에서 보듯이 실재론에서 만든 보편을 잘라내어 보편의 개념을 다르게 상정했습니다.

이어서 데카르트는 '코기토 에르고 숨'(Cogito ergo sum, 나는 생각한다. 그러므로 나는 존재한다)을 내세우면서 근대의 시작을 알렸습니다. 그는 육체와 정신의 관계를 단절로 본 이원론적 세계관을 말했습니다. 반면에 스피노자, 말브랑슈, 라이프니츠 등은 그것의 관계를 연속으로 보았습니다. 이런 과정을 사유하는 가운데, 정신분석적 치료가 등장합니다. 정신분석은 정신(영혼, 심리)의 형성을 육체의 오감(五感)과 연결합니다.

인간의 오감은 바깥 세계(외부 세계)를 인간의 정신(내부 세계)과 이어 주는 구실을 합니다. 오감이라 하면, 시각, 청각, 미각, 후각, 촉각(피부)을 일컫는데, 오감을 담당하는 기관이 외부의 자극을 내부로 유입되게 해 줍니다. 우리는 오감을 통하여 들어온 데이터를 이용하여 여러 작용을 합니다. 이 작용을 담당하는 것이 정신입니다. 이런 흐름에서 프로이트를 보면, 그가 제시한 정신의 질서를 가늠할 수 있습니다. 제가 볼 때, 프로이트를 이해하려면, 서구 세계의 사유 흐름을 염두에 두어야 한다고 생각합니다. 즉, 일자로부터 '지성→정신→물질'로의 하강 과정과 '물질→정신→지성' 등 일자에로의 상승 과정에서 논할 수 있다고 생각합니다.

프로이트 당시에 게오르그 그로덱(Georg Groddeck)은 프로이트의 사유를 이원론이라고 하고 자신의 것을 일원론이라고 하였습니다. 그로덱의 이론은 psychosomatique(정신신체의학)이라는 용어로 표현됩니다. 다시 말해, 육체와 정신을 분리하면 이원론이고 분리하지 않으면 일원론인데, 프로이트를 이원론자라고 보는 것은 정확하지 않다고 봅니다. 왜냐하면 프로이트가 주장하는 것은 증상 원인을 보면 정신적인 것이지만 증상 자체는 육체로 나타나기 때문에 이 둘 사이를 해명하는 것이 필요하다고 보았습니다. 증상의 모습은 무의식적 산물로 알려집니다. 프로이트가 말하는 무의식은 육체와 정신의 매개입니다. 그렇기에 프로이트의 사유는 엄격한 의미에서 볼 때 이원론은 아닙니다. 그는 육체와 정신을 잇는 고리가 그동안 소실되었는데, 그 고리가 무의식이고 더 나아가서는 '그거(Es, Id)'라고 말합니다. 소실고리(missing link)는 다윈이 진화과정에서 현대 인류와 유인원 조상 사이의 중간단계에 해당하는 가상적 멸종동물을 일컬을 때 사용한 용어인데, 프로이트는 이 용어를 이용하여 육체와 정신을 잇는 어떤 것, 소실된 어떤 것을 찾았고, 계속해서 그 증거를 더 찾고자 애썼습니다. 그는 육체와 정신의 일원론을 믿는 그로덱의 견해를 위험한 것으로 보았고, 그것을 밝히는 과학자가 되고자 노력했고, 그 결과 심급에 대한 이론으로 발전시킵니다.

처음에 프로이트는 정신을 '무의식-전의식-의식'의 세 심급(Instance, 審級)으로 된 것이라고 설명했습니다. 이것을 제1차 위상이라 부릅니다. 하지만 정신분석 실천을 해 감에 따라 무의식에 대한 생각이 분명해졌기에 무의식에 기반을 두고 정신을 새롭게 설명합니다. 그것이 바로 '이드-자아-초자아'의 심급입니다. 이것을 제2차 위상이라 부릅니다. 이런 흐름으로 프로이트를 이해하면 프로이트의 생각을 더 잘 이해할 수 있습니다. 이처럼 그는 서구사회에서 전개한 정신의 역사에 편승하여 자신의 사상을 전개한 것입니다. 또한 이런 정신의 역사를 신경학 체계와 연결하여 설명했습니다.

프로이트 당시에 그의 저서를 이런 식으로 이해하는 사람들은 많지 않았습니다만, 이런 흐름에 편승한 이가 자크 라캉입니다. 그는 '프로이트로 돌아가자'는 구호를 내걸고 공개 세미나를 하면서 프로이트 저서를 해석했습니다. 여기서 라캉이 돌아갔던 프로이트란 바로 프로이트의 저서외 그기 남긴 자료입니다. 라캉은 프로이트 저서에서 '정신'이 의미하는 바가 무엇인지를 그리스의 고대철학에서부터 다시 검토하기 시작했습니다. 그 결과 그가 제시한 정신의 지형도는 '상상적인 것-상징적인 것-실재'였습니다. 그는 이 지형도를 비계(飛階, das Gerüste, échafaudage)라고 불렀습니다. 법률적인 용어인 '심급'을 사용한 프로이트와는 달리 라캉은 건축학적인 용어인 '비계'를 사용하여 인간의 정신 작용(활동)을 설명하고자 했습니다.

프로이트나 라캉이 신플라톤의 구조인 '지성-정신-물질'의 흐름에서 작업하였다고 볼 수는 없습니다. 얼핏 보면 그들은 인간의 정신을 일자에서 비롯된 것으로 보지도 않을 뿐 아니라 다시 일자로 귀의해야 한다고 주장하지도 않습니다. 즉, 신플라톤주의에서 말하는 수직적인 구도에서 '정신'을 보지 않습니다. 오히려 그들은 신플라톤주의에서 말하는 '정신'을 수평적인 구도에서 다룹니다. 그러니까 신플라톤주의의 수직 구도(지성→정신→물질)에 속하는 '정신'을 수평적인 구도로 확장한 것입니다.

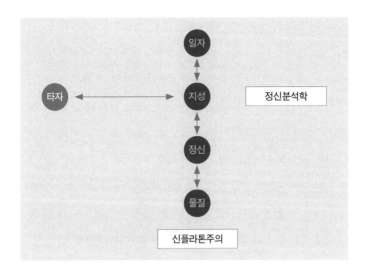

신플라톤주의가 '일자'와의 수직 관계에서 '정신'을 다룬다면,
정신분석학은 '타자'와의 수평 관계에서 '정신'을 다룹니다. 종교
에서 구원이 일자와의 수직 관계에서 나오는 것과는 달리, 정신
분석에서 정신의 치료는 타자와의 수평 관계에서 비롯됩니다. 물
론 정신분석 영역에서 치료를 받는 내담자 가운데 종교인이 있을
지라도 정신분석은 종교에서 말하는 구원을 내담자에게 부여하
지 않습니다. 단지 내담자의 정신과 육체의 관계, 내담자의 정신
과 타자의 관계만을 다룹니다. 여기서 타자는 종교나 문화를 포
함합니다. 그렇기에 정신분석은 종교가 아니지만 일자를 염두에
두어야 하고 그래서 그런 구도를 도입하여 설명해야 했습니다.
이것은 학문으로서 정신분석(학)의 기초를 다지기 위해 라캉이
걸어간 길의 한 부분이기도 합니다.

프로이트는 신경증적 메커니즘의 수위에 머문 종교와 문화를 비판했습니다. 타자(일자를 포함하는)와의 관계에서 내담자가 갖는 정신적 고통의 원인을 찾는 것이 곧 내담자의 정신을 치료하는 행위입니다. 그렇기에 정신분석학에서 보는 타자는 일자를 포함하고 있습니다. 수직의 구도에 있는 일자가 수평의 구도에 있는 타자에 포함되는 것은 비포함의 포함(포함되지 않는 것의 포함), 비포획의 포획(포획되지 않는 것의 포획), 비기술의 기술(기술할 수 없는 것의 기술) 등으로 표현될 수 있습니다. 이것은 초월로서의 일자가 내재로서의 종교와 문화에서 다뤄지는 것인데, 재현된 것을 통해 실재에 접근하려는 시도는 문화, 예술 등의 영역에서 꾸준하게 진행되고 있습니다.

서양의 중세 시기까지는 수직의 구도에서 '정신'을 주로 다루었습니다. 그런데 왜 정신분석은 수평의 구도에서 '정신'을 다루는 것일까요? 산업혁명이 일어나면서 정신은 자연을 지배하게 되었습니다. 하지만 정신이 자연을 정복한 결과는 정신의 소외였습니다. 시인께서 말씀하셨듯이, 자본주의와 화폐경제는 분업화와 전문화의 길을 걷게 됩니다. 그러면서 정신은 분업과 전문이라는 틀 속에 갇히게 되었습니다. 이런 구조에서 정신은 제자리를 찾지 못하고 헤매고 있습니다.

인류가 살아온 역사를 보면, 오늘날의 정신분석과 같은 내용을 다룬 학문은 없었습니다. 왜일까요? 그 이유는 오늘날처럼 이렇게 인간의 정신이 망가져 본 적이 없었다는 데서 찾을 수 있을 것입니다. 그렇기에 그런 학문이 필요하지 않았다고 볼 수 있습니다. 그런데 산업화 이후 망가진 정신을 가진 사람들이 생기고, 그런 사람들을 만나서 그들의 이야기를 듣고 정리하다 보니 이러한 학문이 형성된 것입니다. 이런 현상은 점점 더 가혹하게 전개되고 있습니다. 전 세계가 당면한 것은 정신의 문제만이 아닙니다. 생태문제는 더 심각합니다. 겨울철 북반구에 1시간에 2m에 달하는 눈이 내리고, 알프스 산에는 태풍이 불어 최강한파에 따른 심각한 재해를 가져오고 있습니다. 심지어 북극보다 그 아래의 위도에서 더 추운, 체감온도가 영하 70도에 달하는 일명 '슈퍼 콜드'(super cold)라 불리는 현상도 나타나고 있습니다. 반면에 여름철인 남반구는 50도에 달하는 살인폭염으로 몸살을 앓고 있습니다. 이러한 자연 재해는 자연과 정신(영혼, 문화) 간의 연결 구도에서 파생된 문화 재해, 인재라고 볼 수 있습니다. 이것을 깨닫고 탄소배출량을 규제하는 등 범 국가적인 합의가 진행 중입니다..

사람이 궁핍하면 간절해지고 예민해져서 본질적인 면에 다가갈 수 있을 텐데, 지금 우리에게 부족한 것은 이러한 '궁핍'입니다. 궁핍은 장애와는 다릅니다. 현재 인간의 정신이 겪고 있는 장애는 궁핍해서 오는 것이 아니라 궁핍하지 않아서 오는 것입니다. 물질적 풍요 속에서 돈이 없어 그것을 풍요하게 누리지 못하는 사람은 좌절을 경험하고, 자존감을 상실하고, 체제에 대한 불만을 품습니다. 자신이 만든 물건을 자신이 사지 못하는 일이 생

기기도 합니다. 현실이 이렇다고 해도 "문명의 진보와는 별 상관
없이 궁핍이 생활화되어 살아가면서도 불만스러워하지 않으며
오히려 생을 달관한 듯한" 그런 사람이 가능하겠는지요?

앞서 예로 든 책에서 보듯이 인도 라다크의 오지 사람들도 자
본주의 체제의 위협 앞에 놓여 있습니다. 그들을 돕기 위해 '라다
크 프로젝트'가 진행되지만, 이 시도가 세계화와 현대화의 거센
힘으로부터 그들을 지켜 낼 수 있을까요? 라다크는 자연과 문화
의 가장 치열한 싸움이 일고 있는 곳입니다. 그리고 아직 자본에
전면적으로 잠식되지는 않았지만 이미 자본에 잠식된 듯 설쳐 대
는 기운이 감지되는 곳입니다. 이런 현상은 라다크만의 일이 아
닙니다. 우리가 사는 곳도 그렇습니다.

우리는 '친환경, 친경제'라는 말을 자주 듣습니다. 친환경을 주
장하면서 핵발전소를 건설합니다. 전기차 소비를 추진하면서 세
금을 뺀 가격에 전기를 공급합니다. 이것이 친경제라고 홍보합니
다. 우리에게 이익이 되기 때문에 친경제적이라고 하고, 핵발전
과 전기차가 친환경적이라고 선전합니다. '차가운 자본주의'는 발
톱을 숨기고 있지만, 내연기관 자동차의 연료에 붙는 세금이 전
기 소비세에도 부과된다면 이제 전기차는 친경제가 아니게 됩니
다. 전기차와 관련된 종사자들은 세금 폭탄 아래 놓이게 되는 시
한부 기간을 살게 됩니다. 이처럼 친환경이니 친경제니 참 아름
다운 말입니다만 그 말의 이면에는 환경 재앙과 경제 파국 등의

날카로운 발톱이 있습니다. 편리를 추구하는 시대에 사는 우리는 이전에 겪었던 불편을 고난, 가난 등의 이름으로 기억하고 있고, 다시 그것을 반복하고 싶어 하지 않습니다.

이러한 것이 프로이트가 말한 Das Unbehagen in der Kultur (1930), 즉 '문화 속에서의 불편함'(『문명 속의 불만』으로 번역된 제목을 수정한다면)이 아닐까 합니다. 이런 불편함에 굴복하면서 살 것인지, 극복하면서 살 것인지, 이런 고민을 하는 것은 어떤 의미가 있는 것일까요? 짧은 생을 살다간 조각가 김복진(1901-1940)이 좋아했던 구절이 있었다고 합니다. "인생의 행로는 반드시 고난을 배경으로 하여서만 그 색채가 뚜렷하다", "간난(艱難)과 싸우고 역경을 극복하는 곳에 비로소 생명의 약동을 보는 것이다", "사람은 역사 속에서 삶이 가장 옳게 살고, 가장 오래 사는 것이다", "과학자는 체계를 조직하는 데 대담하여야 하지만 동시에 자기체계를 파괴하는 데에도 용감하여야 한다."

조각을 만드는 예술가가 고난과 간난, 역사와 체계에 대하여 그토록 천착했던 이유는 무엇일까요? 문화(문명)에 노출될수록 불편하고, 불쾌한 이유는 무엇일까요? 김복진은 우리가 굴복하지 말아야 하는 것이 무엇인지를 보여 줍니다. 굴복하지 말아야 할 것은 그것을 판단하는 사람의 가치관에 따라 달라집니다. "고난을 배경" 삼을 때, "간난과 싸우고 역경을 극복하는 곳"에, '차가운 자본주의'는 '따뜻한 자본주의'에게 자리를 내어 줄 것으로 생각합니다.

더욱이 '위로부터의 획일성'에 대항하여 '아래로부터의 영향력'을 발휘해야만 하는 변화가 오는 이유는 무엇일까? 가족과 공동체의 결속력, 자연친화, 이런 것을 삶의 방식으로 삼고 살아온 이들에게 결속력을 〈더〉 강화해야 한다'고, 자연친화를 '〈더〉 유지해야 한다'고 알려 주어야 하는 현실, 누군가와 지루한 싸움을 하는 가운데 이런 일을 해야만 하는 현실입니다. 이 현실에서 고군분투하는 이유는 '오래된 미래'를 지키기 위해서입니다. 미래의 우리 자손이 방문하여 우리의 처음 모습을 확인하고 체험하고 기억할 수 있도록 그것을 지키기 위해서입니다. '오래된 미래'의 자리가 히말라야 어느 고원에 있는 것이 아니라 우리가 사는 바로 이곳이라는 것을 미래의 관점에서 알려 주어야 하지 않을까요? 발목을 잡는다고 불편한 마음을 내색하는 분들에게, 친경제성과 친환경성을 들어서 문화를 발전시켜야 한다고 말하는 이 시대에, 어쩔 수 없는 시대의 흐름이라고만 말하고 넘어가야 할까요? 후손에게는 그저 '오래된 과거'에 그런 모습이 있었다고 무책임하게 넘겨주어야 할까요?

사람을 사랑한다는
일에 대하여

지난 글에서 강웅섭 선생님께서는 인류의 문명과 문화에 대해 말씀하시면서 그것을 의례나 절기와 연관 지어 말씀해 주셨습니다. 그래서 저는 인류의 문명과 문화에 대해 많은 생각을 해 보았습니다. 특히 종교나 문화가 추구하는 정신과 이념이 의례와 절기에 있으며 그것이 주기적으로 반복되면서 역사를 창조하고 문화를 번성하며 가치를 창출한다는 말씀은 매우 의미 있게 다가왔습니다.

  저는 2018년 1월 4일에 모친을 여의었습니다. 불교식으로 장례를 치르고 사십구재(四十九齋)를 지내면서 지난 편지에서 말씀하신 '의례'에 대해 많은 것을 생각하게 되었습니다. 의례야말로 하나의 애도의 방식인 동시에 삶의 방식이라는 생각을 했지요. 장례를 마친 후, 매주 한 번씩 혈육들을 만나 어머니를 추모하는 재(齋)를 지내면서 이러한 의례야말로 남은 유가족에게 이별의 상처를 치유하게 하는 절묘한 과정이었구나 하는 깨달음을 갖게 하였습니다.

우리의 장례풍습 중 삼년상을 지내는 것이 있습니다. 사람이 태어나 3년이 되어서야 부모 품을 떠날 수 있다는 공자의 말에서 나온 것으로 그만큼의 시간 동안 부모의 은혜를 생각해 보아야 한다는 것이겠지요. 지금에 와서는 적어도 부모님을 여의고 7주 정도의 시간은 필요하겠구나 생각하였습니다. 어제 마지막 재를 마치고 돌아왔습니다. 저는 참으로 마음이 편안해짐을 느낍니다. 천천히 어머님을 떠나보낼 수 있는 사십구재라는 의례에 대하여 그 속에 내재된 치유의 메커니즘을 연구해 보고 싶을 정도입니다.

재를 지내면서 어머니의 삶이 얼마나 위대하였으며 어머님의 사랑이 얼마다 컸던가를 새삼스럽게 확인할 수가 있었습니다. 추운 겨울에도 찬물로 목욕재계하시고 3천 배를 하셨던 어머님의 사랑을 말입니다. 얼마나 절실하셨기에 그토록 목숨을 걸고 자식을 위해 기도하셨을까요? 그것은 아마도 혼자서 칠남매를 무사히 키워 내야 한다는 삶의 무게감을 견디기 위해서가 아니었을까요? 저는 엄두도 내지 못할 절박함이 피부로 다가왔습니다. 그래서 이번 마지막 글에서는 '사랑'에 대해서 생각해 보려 합니다.

며칠 전 양희은의 「사랑, 그 쓸쓸함에 대하여」라는 노래를 소프라노 조수미의 음성으로 들어 보았습니다. 사랑이란 참 쓸쓸한 일이기도 하지만, 그래서 더 애절하고 아름다운 것이 아닌가 합니다. 사랑이란 물의 속성과도 흡사한 듯합니다. 물이 뭇 생명을 살리듯이 사랑은 생명의 근원입니다. 하지만 물은 바위도 부식시키고 쇠도 녹슬게 할 정도로 강합니다. 부드러움으로 강함을 이긴다고 할까요? 그래서 페미니스트들이 노자의 사상에 열광하는 것인지도 모르겠습니다. 유도나 합기도의 원리나 병법(兵法)의 원리도 여기에 기원을 두고 있다고 하니 그저 놀랍기만 합니다.

노자의 『도덕경』 내용을 빌리자면 물은 그릇을 탓하지 않습니다. 주어진 환경을 탓하지 아니하고 거기에 적응하며 사랑을 이어 갑니다. 또한 물은 얕은 곳으로 흘러가되 오르지 못할 곳이 없습니다. 그러니 일평생을 낮은 곳으로 다가갔던 부처님이나 예수님의 삶이 또한 그와 같았다고 할 수 있을 것입니다. 그러므로 마음속에 사랑을 지니고 사는 삶은 그렇지 않은 삶보다 훨씬 풍요로울 것입니다. 사랑이 없는 삶이 얼마나 황폐할 것인지는 경험해 봐서 너무도 잘 압니다. 제 친구들의 경우를 지켜보아도 그렇습니다. 사랑하는 대상이 곁에 있을 때 우리는 마치 환한 불빛 아래 있는 것처럼 흐뭇하고 당당하고 뿌듯합니다. 다음의 시는 제가 어린 딸을 보고 쓴 것입니다.

핑구는 울보
핑구는 심술쟁이
하지만 핑구는 내 어린 딸의 친구
딸의 심기가 불편해질 때면
아내는 얼른 핑구를 튼다

핑구는 꿈꾸는 침대
핑구는 사랑의 놀이터
내 삶의 남극에는 오늘도
나의 딸이 자라고 있다

핑구의 친구 로비와
핑구의 동생 핑가와
핑구의 사촌 핑고가 함께
웃고 울며 달리고 미끄러지는
남극에는 바람이 없다
남극은 언제나 기쁘고 신나는 동네다

핑구를 보고 자라면 누구나
삶의 남극 하나를 지니고 살아가리
- 「오늘도 남극에는 핑구가 산다」

어린 딸은 핑구라는 비디오를 무척 좋아했습니다. 그래서 저
도 덩달아 같이 본 적이 몇 번 있었습니다. 천진난만한 펭귄 '핑
구'는 잘 울고 심술쟁이이지만 딸을 웃게 하는 좋은 친구였습니
다. 그런 핑구가 사는 남극은 꿈꾸는 침대이자 사랑의 장소입니
다. 제 마음속의 남극에도 아들과 딸이 자리하고 있습니다. 부모
의 사랑 속에서 모든 아들과 딸들은 자라는 것이겠지요. 그곳은

고통의 바람이 없고 언제나 기쁘고 신나는 동네일 것입니다. 그 어린 딸이 어느새 부쩍 자라서 벌써 대학교에 들어갔으니 세월이 참으로 무상합니다.

나 모르는 사이에

오디가 까맣게 익었다

오디를 떠나온 지 그 몇 해이던가

오디처럼 까만 슬픔과

새콤달콤하던 그 행복이

모두 다 흘러가 버리고

이제 오디는 말라 비틀어져서

흔적만 희미하게 남았구나

나 모르는 사이에도 어디선가

오디는 어김없이 열리고

오디알 같은 땀방울이 맺도록 함께

뽕나무에 올라 오디를 따먹던

소년들은 다 어디로 갔을까?

어느새 배불뚝이가 되고 만 것일까?

일요일 오후 드라이브 길에

길가에 온통 새카맣게 열린 오디를 보며

얼굴이 가무잡잡한 삼십 년 전의

아이들을 떠올려 본다

『도덕경』제7장에 나오는 "하늘은 길고 땅은 오래간다(天長地
久)"는 구절은 자연의 유구함을 말합니다. 이처럼 자연은 능히 오
래가므로(能久), 참으로 무심하고도 성실하다 하겠습니다. 그러
나 시간은 흐르고 우리의 육신과 마음은 변해 가기에 안타깝고도
슬픈 감정이 일어나서 시를 쓰게 하는 것인지도 모르겠습니다.
'오디'로 표상된 슬픔과 행복의 날들은 모두 다 흘러가 버리고, 다
만 기억 속에서 까만 '오디'의 흔적만 희미하게 남아 있는 지금,
저도 어느새 중년의 나이에 접어들고 말았습니다. 육신은 비록
배불뚝이가 되었더라도 마음은 그대로이니 참으로 난감합니다.
"얼굴이 가무잡잡하던" 그 아이들은 어딘가에서 또 누군가를 사
랑하며 잘들 살고 있겠지요?

> 정말 사랑한다면
>
> 아들이 그토록 가고 싶어 하는 에버랜드에 가서
>
> 우주과학관이며 캬라비안 비치에도 갔을 텐데
>
> 정말 사랑한다면
>
> 아침 일찍 일어나 먼지 하나 없이 거실을 걸레로 닦아
>
> 그 위에 어린 딸 기어 다니게 했을 텐데
>
> 정말 사랑한다면
>
> 아내가 돈 걱정하여 주름살 생기지 않도록

술집 출입을 삼갔을 텐데

정말 사랑한다면

어머니 잃어 슬퍼하는 그와 함께

울어주었을 텐데

정말 사랑한다면

어머님이 맡아 오신 그 염주 값 화부터 안 내고

그냥 갚아드렸을 텐데

동료의 슬픔 함께 나누고

돈 때문에 화내는 일은 없었을 텐데

기꺼이 기꺼이 산으로 갔을 터인데

- 「사랑하지 못한 죄」

　흔히들 사랑은 주는 것이라고 합니다. 그러나 이러한 사랑의 본질을 깨닫지 못한 사람들이 얼마나 많은지요? 성장 과정에서 사랑을 제대로 받아 본 사람만이 사랑할 수 있다고 합니다. 저는 어머님의 사랑을 그렇게 받았으면서도 주변 사람들을 제대로 사랑하지 못했습니다. 사랑은 자신을 희생하고서야 실천할 수 있는 것일 텐데 저는 너무도 옹졸하고 게으르고 이기적인 인간이었습니다. 그러니 주변 사람들을 제대로 사랑할 수가 없었습니다. 이제 어머님을 잃고 보니 자주 찾아뵙지 못했던 것이 아쉽고, 공연히 화냈던 것이 후회됩니다. 지금은 훌쩍 자라 버린 아이와 제대로 놀아 주지 못한 것도, 청소를 제대로 안 한 것도, 아내를 힘들게 했던 일들도, 동료의 부모님 문상을 제대로 못 한 것도 다 후회가 됩니다. 진정으로 사랑했더라면 그런 어리석음을 범하지 않았을 텐데 말이죠. 그러니 저는 사랑의 죄인입니다. 그것은 이기적인 탐욕, 나태한 습관, 분노의 감정들을 제대로 통제하지 못한 어리석음에서 온 것이고, 궁극적으로는 제대로 사랑하지 못한 데서 파생된 것이겠지요.

개울의 물소리가 커지고
조용하던 아내의 목소리가 높아지고
느닷없이 변비가 생기거나
다소곳하던 아이가 말을 안 들을 때에는
경악을 금치 못하지만
이런 때를 기하여
한 번쯤은
곰곰히 생각해 보아야 한다
그들도 할 말이 있었음을
개울의 물소리가 커지고
방문들이 삐걱이며 반항하는 것은 다
이유가 있는 것이다
퉁퉁 부어 험상궂은 표정을 지으며
장마철에 방문들이 삐걱거리며 소리를 낼 때는
따스한 햇볕을 비추어 그들을

말려주어야 하는 것이다

- 「장마철에 방문들은 삐걱이며 소리를 낸다」.

사랑이 있을 때 만물은 건강하게 잘 자랍니다. 하지만 사랑이
부족할 때 사람들은 신경증을 비롯한 각종 증상을 드러내게 됩니
다. 프로이트가 그토록 온전한 사랑을 강조한 이유도 그 때문이
겠지요. 아내의 목소리가 커지고 아이가 말을 안 들을 때는 다 이
유가 있을 테지요. 그것은 곧 사랑의 결핍 때문일 것입니다. 사랑
의 결핍은 신체에 이상증상이 나타나게 만들기도 합니다. 위장에
이상이 생기거나, 변비가 오거나, 혈압이 높아지고 암이 생기는
것도 다 마음의 스트레스 때문이라고 전문가들은 말합니다. 사랑
은 따스한 햇볕처럼 비추어 주어야 사람뿐 아니라 동물과 식물들
도 잘 자랄 수 있는 것이 아닐까 생각됩니다. 장마철에 방문들이
삐걱대며 반항하는 것은 다 이유가 있는 것입니다. 사랑의 햇볕
으로 말려 주어야 비로소 뽀송뽀송해지는 것입니다.

퀴퀴한 시궁창에 자라면서도

수련은 맑은 꽃을 피워 주위를 밝힌다

따뜻한 몸을 유지할 줄 안다

싸늘한 눈을 녹이고

생선 썩는 냄새를 피워

꽃을 피우는 앉은부채는 그의 친구다

딱정벌레가 와서 사랑할 수 있도록

느끼한 갈색지방과 미토콘드리아를 태우며

열을 내는 필로덴드론 셀로움도 친구다

사랑하는 동안만 애틋하게 사랑을 하고

사랑이 끝나면 몸을 식힌다

꽃들은 왜 사랑할 때만 발열하는가

40도의 고온을 유지해야만

새는 하늘을 날 수 있다 한다

오늘은 연꽃의 생일이라

연꽃의 장수를 빌러 가고 싶다

- 「연꽃은 따뜻한 피를 가졌다」.

　사랑할 때 만물은 발열합니다. 발열한다는 것은 살아 있다는 증거입니다. 사람이 죽으면 몸이 싸늘하게 식어 버리니까요. 사람이 누군가를 사랑하는 데에는 열정이 필요합니다. 열정은 관심과 배려와 나눔과 책임의 근본이 되는 에너지라고 생각됩니다. 이 에너지가 꺼지지 않아야 '싸늘한 눈'을 녹이고, '갈색지방과 미토콘드리아'도 태울 수 있겠지요? '40도의 고온을 유지해야만 새는 하늘을 날 수 있'다고 합니다. 연꽃이 '퀴퀴한 시궁창'에서 맑은 꽃을 피워 주위를 밝히려면 발열 시간을 늘려야 할 것입니다. 그래서 연꽃의 생일에 연꽃의 장수를 빌러 가고 싶은 것입니다. 사랑이 끝나면 몸이 싸늘하게 식어 버리기 때문입니다. 그러기에 사랑하지 않는 시간은 다 교통사고이거나 정전사고일 것입니다.
이별은 사고(事故)이고, 아물 줄 모르는 흉터입니다. 그래서 길거
리엔 목발을 짚고 가는 환자들로 가득합니다.

> 우리는 모두 별이다
>
> 아물 줄 모르는 흉터다
>
> 길음동 다리 위로
>
> 목발을 짚고 가는 환자들
>
> 돌보지 못한 나의 분신들
>
> '너무 늦었어'라는
>
> 조르쥬 무스타키의 샹송이 들려온다
>
> 그래, 너와 나 다시 만나긴,
>
> 지구 온난화 현상 돌이키긴,
>
> 흐려진 강물 맑히긴,
>
> 너무 늦었어
>
> 新生을 기대하긴 너무 늦었어
>
> 잠수교 아래서 나는 운다
>
>
> 팬지꽃이 별들로 부서지는 봄날에
>
> -「事故」.

이별은 삶의 생태계 교란현상입니다. 그것은 맑은 강물이 흐

152

려지는 현상이지요. 그리고 인간은 모두 하나의 별입니다. 저마다의 운명을 점지한 별자리를 타고난다고 하지요. 하늘에 별이 있다면 땅에는 꽃이 있습니다. 사람의 마음속 사랑은 하늘의 별이나 땅의 꽃과도 같은 것입니다. 그것은 어둠을 비추고 추악한 욕망으로 가득한 세상을 정화하는 아름다운 꽃과도 같은 것이기 때문입니다. 너무 늦기 전에 우리는 서로 사랑해야 하는데, 세상은 돈이라는 종교의 힘이 너무도 막강하여 당연한 이러한 진실마저도 짓밟히기 일쑤입니다. 그러므로 우리에게 시급한 일 중의 하나가 욕망을 통제하고 줄여 주는 교육의 '손'이 아닐까 생각합니다.

어느 시인은 빨간 매니큐어를 칠한
긴 손톱의 손을 좋아한다지만,
나는 털이 적은 동양인이기에
그저 연꽃잎 같은 손 하나
따뜻하고 부드러운 손 하나
만나고 싶다, 그러니까
모란처럼 후줄근한 손 아니라
칸나처럼 징그런 손 아니라
진흙에서 자라나서
진흙에 물들지 않는
그런 차고 정갈한 손 하나

모든 욕망을 잠재워 줄

어진 손 하나,

中通外直의 마음 지닌

그런 손 하나를

오늘은 문득

만나고 싶다, 기필코

만나고 싶다

　　　- 「손을 기리며」.

　상품은 '빨간 매니큐어'를 칠하고 우리를 유혹합니다. 그것은
또한 우리를 포위하고 옥죄어 옵니다. 욕망을 무한히 해방해 주
는 자본주의 체제, 그 진흙탕 속에서도 거기에 물들지 않고 맑고
향기로움을 지켜 나갈 수 있도록 지켜 주는 손, 차가운 자본주의
를 벗어나 사람다운 삶을 지켜 주는 따뜻한 자본주의의 손, 그 '따
뜻하고 부드러운 손'을 그리워합니다. 안으로는 마음이 활짝 자
유롭게 열려 있지만(中通), 겉으로는 올곧은(外直) 사람이 오늘은
문득 보고 싶습니다. 그러한 세상, 혹은 그러한 사람은 어쩌면
『오래된 미래』에 나오는 라다크의 마을이나 다음의 시에 나오는
라후족이 사는 마을, '꽃 피고 정갈한 마음의 나라'에 있겠지요?

　　라후족의 처녀들은 색띠를 딴다

　　고구려 벽화에 나오는

154

고구려 여인들처럼

색색의 띠를 두른 옷을 입는다

사람 사는 곳이 어디라 다르랴마는

오색의 주렴이 드리워진 그 안엔

슬픔의 실크로드,

그리움의 실크로드…

타클라마칸 산맥 너머로 가는데,

그 끝에 어쩌면 있을

무메이메를 그리며 산다

한 떨기 꽃으로 피어나

흰 산 바라보며 사는 그대를

내 오늘도 못 잊는 것은,

출렁이는 형형색색의 그대 주렴 속

꽃 피고 정갈한 마음의 나라

다시 만나고 싶기 때문이라네

- 「주렴옷」.

　사랑은 슬픔의 실크로드, 그리움의 실크로드, 그 너머에 있겠
지요. 그래서 사람들은 언제나 타클라마칸 산맥 너머에 있을 '무
메이메'를 그리워하며 살아가는 것인지도 모르겠습니다. 사랑은
어쩌면 '한 떨기 꽃'으로 태어나 '흰 산'을 바라보며 살아가는 일일
것입니다. 그래서 사랑은 삶의 의미이고 목적인 것 같습니다. 모

든 것이 변해 간다는 일은 서글픈 일 중에서도 아주 서글픈 일입니다.

가슴 설레던 첫사랑도 시간이 흐르면 시들해지고 말지요. 그러나 사랑은 아름다운 추억을 남기지요. 그 추억의 힘으로 우리는 살아가는 것인지도 모르겠습니다. 어머님을 여의는 일이 가슴 저리지만 그분과의 추억의 힘으로, 그 사랑의 힘으로 오늘을 견디어 나가려 합니다. 그리고 그분의 사랑을 마음속에 지니고 모든 사람에게 나누어 주려 합니다. 사랑은 생명의 근원이기 때문입니다.

시인은 다시 돌아온
첫사랑을 만나셨는지요?

강응섭

이번 주 단체카톡방에 "[부고] 죄송합니다. 연락 안 드릴 수가 없어 고민 끝에 연락드립니다. 기도해 주세요. 저의 부친께서 소천하셔서 장례일정을 알려 드립니다"는 부고가 올라왔습니다. 이 단톡방은 특정한 모임을 위한 것인데, 간혹 회원 사이에 개인적인 글을 올리는 분들이 계셔서 자제를 요청하는 일이 종종 있습니다. 바로 그 일을 하시는 책임자께서 아버님을 여의고서 부고를 전하려니 불편한 마음이 있었던 것 같습니다. 그래서인지 해질 무렵 올리신 글에 댓글이 없다가 다음날 해가 밝은 후에야 겨우 하나가 올라왔습니다. 아흔두 해를 사시다가 가신 분을 보내는 마음도, 지켜보는 마음도 어찌 헤아릴 수 있겠습니까?

어릴 때는 '고아'라고 그러면 매우 낯설고 남의 이야기인 줄로만 알았는데, 어느 순간부터는 고아인 사람이 너무나 많다는 사실을 알게 되었습니다. 누구나 고아가 된다는 것을 자연스럽게 알게 되었습니다. 가깝게는 나의 부모가 그렇고 나의 조부가 그렇다는 것을 참 뒤늦게 깨달았습니다. 이제는 내가 바로 그 당사

자라는 사실이 믿기지 않을 정도입니다. 그만큼 시간에 대해 생각할 거를 없이 살아온 까닭일 것입니다.

문학에서 왜 그리도 죽음에 관한 내용을 자주 다루는지 알지 못했는데, 이렇게 나이가 들어 보니 인류의 선배들이 하고자 했던 바를 조금은 알 듯합니다. 앞서 시인께서도 어머님을 여의시고 그분을 위해 온 가족이 모여 정성껏 의례를 행하셨다고 하셨습니다. 이승을 떠나시는 어머님을 배웅하시는 모습이 눈앞에 그려집니다. 같은 아픔을 겪었기에 가슴이 먹먹하고 또 한편으로 마음이 멍해졌습니다. 가슴과 마음에 담으셨을 그 무엇을 짐작해서인지 시인께서 쓰신 시가 어머님의 영전에 바치는 시처럼 읽혔습니다.

저는 아버님을 열한 살 되던 정월(正月) 초순에 여의었습니다. 그리고 3년 전 극월(極月) 제3일에는 어머님을 여의었습니다. 지난달로 고아가 된 지 벌써 3년이 되어 갑니다. 하지만 아직도 마음 한편에는 그리움과 애처로움이 흐르고 있습니다. 불교에서는 사십구재 때 이생에서 맺은 인연을 끊고 다음 생에서 복되게 태어나기를 기원한다고 합니다. 아마도 이때야말로 부모와 자식 간의 진정한 별리(別離)가 이루어지는 것이겠지요. 물론 제가 그런 의례를 하지는 못했지만, 그 후로 3년이 지나 돌이켜 보니 그때의 이별이 아직도 실감 나지 않을 때가 종종 있습니다. 이런 애도는 부모에게 했던 불효에 대해 속죄하기 위한 마음이 아닐는지요? 이전에 자식이 부모의 무덤가에 움막을 짓고 3년 동안 애도한 것도 그런 연유로 생겨난 것이 아닐까 생각해 봅니다.

저는 어린 나이에 아버님을 여의었기 때문에 생신이 다가오는 것도, 결혼기념일이 있다는 것도 모른 채 살아왔습니다. 다만 명절 즈음에 이르면 기일이 가까웠다는 것을 알 수 있었을 뿐, 의례에 관해서는 생각지 못했습니다. 그런 제가 자라서 고등학생이 되자 아버지라는 대상에 관해 생각하게 되었습니다. 돌이켜 보면, 그때 저에게 잠들어 있던 오이디푸스 콤플렉스가 떠올랐던 것입니다. 고등학교 2학년 때는 부재하신 아버지를 떠올리며 인생 진로에 관해 고민하였습니다. 야간 자율학습을 마치면 매번 교회에서 울면서 기도하며 아버지를 찾았지만, 현실에도, 기도에도 아버지는 안 계셨습니다. 그때 지었던 시 한 편이 저의 심정을 잘 담고 있습니다.

읽는 이가 없어 외로운
나의 편지는
우중(雨中) 개구리 울음 전설 속으로
달려간다.

하루살이 밤이
못내 아쉬워
풀잎에서 너의 이름을 기억한다.

다정다감한 봄 햇살이

가난한 마음을 덮어 준다.

풀잎의 언어를 따다

바구니에 담고

가슴 앓는 너에게 띄운다.

읽는 이가 없어도

외로움을 감할 수 있는 나의 편지…

그대는 보이지 않는다.

허나 개구리가 들려주는 교향악에

유월의 답을 받는다.

- 「개구리가 들려주는 답장 -아버님의 영전에」.

지금 읽어 봐도 참담한 마음이 보이는 듯해서 마음이 저려 옵
니다. 이처럼 본의 아니게 부모님을 떠나보내고 고아가 되니, 자
식으로서 부모를 생각하는 것과 부모로서 자식을 생각하는 것
에 관한 생각이 듭니다. 가끔 자식과 함께 어떤 일을 하고 있으면
곁에 없으신 부모님의 빈자리가 생각납니다. 지금 자식의 눈에
는 그 빈자리가 보이지 않습니다. 그 일이 좋은 일이든, 좋지 않
은 일이든 그 빈자리는 현재 저에게만 보입니다. 먼 훗날 어느 때

에는 이 빈자리를 저의 자식도 볼 수 있겠죠? 세상에는 있는 것을 못 보는 경우도 있고 없는 것이 보이는 경우도 있습니다. 없지만 보이는 그것이 우리에게 보여 주고 들려주는 것이 있습니다. 그것을 보고 들은 이는 그것이 있다는 것을 알고 어떻게 있다는 것도 압니다. 이런 말을 하면 신비주의자라고 말할지 모르겠지만, 현재 그런 관계에서 살아가는 이가 적지 않을 것입니다.

〈노인심리상담〉 수업을 듣는 학생들에게 이렇게 물어봅니다. "여러분 부모님(고아가 된 자식)께서는 조부를 더 생각하실까요? 아니면 여러분의 부모(고아가 된 부모)께서 자식 된 여러분을 더 생각하실까요?" 적지 않은 학생들은 부모가 자식을 생각하는 게 당연한데, 왜 그런 질문을 하는지 의아해하는 표정을 짓습니다. 이것은 연세가 좀 든 분들에게 물어도 같은 표정입니다. 아마도 자식의 입장에서는 부모님(조부가 돌아가신)은 현실에서 자신과 교류하지만, 돌아가신 조부님과 부모님은 현실에서는 관계가 없다고 생각하기 때문입니다. 이처럼 보이는 것이나 들리는 것과의 관계에서 자식은 고아가 되신 부모의 마음 한 면은 보지 못하고 살고 있는지도 모르겠습니다.

어머님을 여읜 지 1주기 되던 2016년 봄에 『첫사랑은 다시 돌아온다』를 출간했습니다. 이 책은 '나에게 첫사랑은 누구일까' 하는 질문에서 시작되었습니다. 저는 그 실마리를 프로이트가 말한 Identification이라는 개념에서 얻었습니다. 이 개념은 동일화(同一化)라고 번역되기도 하고 동일시(同一視), 정체화(停滯化)라고 하기도 하고, '같아지기'라고도 합니다. 인간 한 개체의 성격(Personality, 인성)이 형성되는 과정을 설명하는 데 유용할 뿐 아니라 공동체의 정체성 형성에 관한 이론으로도 좋습니다.

이 이론에 의하면, 우리의 성격은 어떤 이의 것에 동일화되고 정체화되고 같아지는 것입니다. 여기서 '어떤 이'는 누구일까요? 각자마다 '이 누구'는 다르겠지만, 우리가 짐작건대 '이 누구'는 우리와 가장 가까이 있는 분일 것입니다. 그분은 우리를 사랑하는 분이고 우리에게 먹을 것을 공급하고 살아갈 여건을 마련해 주십니다. 그분이 하는 말이나 행동이 우리에게 반영되어 우리의 성격을 형성합니다. 물론 타고난 기질적인 것이 있기도 하겠지만, 어머니의 자궁에서부터 우리는 관계 속에서 살고, 자궁 밖으로 나와서도 그러합니다. 그렇기에 서로의 것을 공유하게 되고, 그러다 보니 그것이 내 것이었는지 어머니의 것이었는지도 분간 못하게 응고된 것입니다.

이처럼 우리의 근원에는 우리 가까이에서 지금의 우리가 되도록 했던 바로 '그분'이 있습니다. 프로이트는 '갓난이'의 눈높이 위에 있던 그분을 'Über-Ich'라고 불렀습니다. 우리말로 초자아(超自我)라고 부르는 이 단어는 '나 위에 있는 분'이라고 보는 게 적절해 보입니다. 저는 '그분'을 첫사랑이라고 부릅니다. 가끔은 우리와 눈높이를 같이하여 놀아 주기도 하셨을 그분이 우리의 첫사랑이지 않을까 하는 생각을 해 보았습니다. 그런 분과 같은 이를 만나서 대화하고 그러다가 호감이 가고 사랑을 하게 되는 것이 아닐까 하는 생각을 해 보았습니다.

여기서 첫사랑은 세 부류로 나눕니다. 됨의 첫사랑, 가짐의 첫사랑, 상호적 첫사랑이 그것입니다. 여기서 됨(be), 가짐(have), 상호적(reciprocal)은 동일화(정체화, 같아지기)의 세 모습입니다. 동일화는 '~와 같이 되다', '~의 특성을 갖다', '~와 상호적인 관계를 갖다'는 여러 모습으로 전개됩니다. 동일화라고 해서 똑같이 되는 것, 똑같이 닮는 것이 아니라 같음에도 닮음에도 차이가 있다는 것입니다. 우리가 '갓난이'였을 때 우리와 눈높이를 같이 해 주셨던 분이 계셨기에 우리는 '됨의 첫사랑'을 나눌 수 있었습니다.

그러다가 우리가 아장걸음을 하게 되고 뜀박질을 배울 즈음에 육상선수처럼 멋진 모습으로 걸음마를 가르쳐 주셨던 분과 '가짐의 첫사랑'도 나눌 수 있었습니다. 그러면서 출발선을 정해 두고 '준비! 땅'이라는 소리와 함께 경주하며 누가 더 빨리 결승선에 도달하는지 내기도 하면서 '상호적 첫사랑'에 빠지기도 했습니다. 걸음마와 경주를 예로 들었지만, 일상에서는 아이와 함께 놀면서 많은 놀이를 통해 감정이 오가고 그것을 통해 사랑을 경험합니다.

일반적으로 볼 때, 각자는 세 가지 사랑의 유형을 잘 구분하고 각 유형이 갖는 특성도 잘 이해합니다. 하지만 그렇지 못할 때도 있습니다. 가령, '~처럼 되는 것'과 '~의 특성을 갖는 것'이 다름에도 그 차이를 잘 헤아리지 못하는 경우가 있습니다. 이 차이는 한 인격체의 성격 형성에도 중요한 역할을 합니다. 가령, 한 사람이 어떤 사람처럼 되고자 할 때, 그것이 가능한 경우에는 그 사람처럼 될 수 있지만 그렇지 못할 경우는 그 시도를 포기합니다. 여기서 좌절을 경험합니다.

생애 처음으로 맞이한 좌절, 그때의 기분은 어떠할까요? 그것을 전달할 방법이 우는 것이나 놀란 표정뿐이었을 때, 어떤 심정이었을까요? 그것이 두려움이고 공포고 그랬을까요? 너무 충격이 커서 모든 것을 포기하고 아무것도 하지 않으려는 아이는 없을까요? 이 아이에게 첫사랑의 경험은 어떤 것이었을까요? 아이가 경험한 첫사랑은 됨의 첫사랑인데, 이 사랑의 실연으로 인해 다음 단계의 첫사랑으로 나가지 못할 때, 우리는 어떤 도움을 줄 수 있을까요? 이런 실연에도 용기를 내어 다시 시도한다면, 다른 경로를 통해 되풀이하면서 성취한다면, 꼭 그것이 아니더라도 그 사랑 같은 것처럼 되었다며 위안을 삼는다면, 아이는 참 기쁠 것입니다. '참 다행이다'는 안도의 숨을 내쉴 것입니다. 이런 경험을 하게 되는 곳이 바로 아이가 자라는 공간입니다.

아이는 이 같은 되풀이되는 경험을 통해 자신이 되고 싶은 것을 간접적으로나마 살아봅니다. 이런 바탕 위에 다른 사람과의 상호적인 관계에 임하게 되고, 거기서 자신의 인격을 드러냅니다. 이처럼 관계의 마중물 역할을 해 준 이가 바로 '첫사랑'입니다. 그 대상은 됨, 가짐, 상호라는 방식의 간접적인 삶을 살 수 있도록 우리를 이끕니다. 우리는 그 대상과 좋은 관계를 맺기도 하고 때로는 싸우기도 하면서 복합적인 감정연습을 합니다. 그렇기에 '그분'은 우리에게 사랑을 가르쳐 주신 첫 스승이시기도 합니다.

어제부터 거실을 정돈하고 있습니다. 책꽂이 위치도 바꾸고 잡동사니도 정리했습니다. 그러다 겉봉에 어머니의 필체가 남아 있는 어머니의 병원 서류를 발견했습니다. 저는 그 필체에서 어머니를 만났습니다. 보는 순간 어머니임을 알았습니다. 그것이 어머니 전체가 될 수는 없지만, 만나는 순간 어머니가 저에게 확 밀려왔습니다. 필체처럼 어머니가 곁에 계속 계셨더라면 얼마나 좋을까, 지금 꺼내 든 서류봉투처럼 저편 어딘가에서 다가와 반갑게 맞아 주시면 얼마나 좋을까, 그것이 불가능한 것이 바로 죽음임을 지난 3년 동안 깨닫고 또 깨닫습니다.

크리스티앙 보뱅(Christian Bobin)은 지인의 죽음을 애도하면서 "우리의 신체 중에서, 영혼에 가장 가까운 것이 목소리와 눈이라고 한다. 그것이 사실인지는 모르겠다. 그러나 그것이 사실이라면, 죽음은 부랑자가 보석을 손에 넣듯, 탐욕스럽게 눈 깜짝할 사이에 달려들어, 눈은 금세 텅 비어 버리고, 목소리도 꺼지고, 끝이 난다. 끝, 끝, 끝"이라고 말했습니다. 죽음은 목소리를 앗아 가고 눈길을 멈추게 합니다. 그래서 더는 사랑하는 사람과 말할 수 없고 눈짓을 주고받을 수 없습니다. 사진 속의 눈길이나 녹음파일 속의 목소리는 일방적인 것이고, 우리와 상호적으로 관계하지는 않습니다.

물론 음성인식이 발달한 요즘은 사물인터넷(IoT, Internet of Things)을 통해 사랑하는 사람의 목소리로 말하는 로봇이 가능한 시대가 되었습니다. 피부인식 또한 발전할 것이고 눈짓도 교환할 수 있는 시기도 올 것입니다. 필체 또한 그러할 수도 있을 것입니다. 어쩌면 사랑했던 분의 필체로 쓴 손편지를 받을 수도 있을 것입니다. 이렇게 죽음을 무화하려는 노력은 시간이 끊을 수 있는 육체적인 죽음 너머로 가 보려는 것, 시간을 초월해 보려는 인간의 욕망에서 비롯된다고 볼 수 있을 것입니다. 오래 살기 위해서가 아니라 사랑하는 사람과 계속해서 함께하고자 하는 것, 이것은 상실된 상황에서도 상실되지 않는 것입니다.

그렇기에 애도는 끝도 없이 길고 긴 여정을 지금도 하고 있습니다. 이런 인간의 노력이 욕망이라는 말로 표현될지, 아니면 욕심이라고 불러야 할지, 저는 좀 신중하게 표현하려고 합니다. 왜냐하면 제가 공부하고 있는 정신분석에서 욕망(désir)은 흥청대는 인간의 무분별한 것에 관계가 된다고 보기보다는 상징체계 안에서 허용된 것 가운데 마땅히 누려야 하지만 누리지 못하는 것에 관계됩니다. 『첫사랑은 다시 돌아온다』를 집필했을 때 고은 시인의 「욕망」을 거론했는데, 시인이 말하는 '욕망'은 제가 말하는 것과는 좀 다른 느낌이었습니다. 당시 저는 "고은이 말하는 '욕망'은 시의 내용으로 볼 때 '욕심'에 가까울 듯하다"고 말했습니다.

고은 시인이 말했듯이 무덤에 들어가기 전에 욕심을 파묻을 곳이 없어서 여기저기서 욕심을 묻히고 다니는 것입니다. 이론상으로는 욕망을 승화시키면 자신의 분야에서 훌륭한 사람이 된다고 하는데, 그것이 쉽지 않음을 우리는 한 사람의 삶에서 보고 있습니다. 어제는 이명박 전 대통령이 검찰 조사를 받기 위해 검찰에 소환된 날입니다. 지인께서 '김어준의 생각'을 녹음하여 카톡으로 보내 주셨습니다. 2분가량 되는 녹음파일의 첫 부분은 '새빨간, 세빨긴 거짓말입니다. 여러분'이라는 음성이 나옵니다. 김어준은 이명박의 삶을 욕망이라고 표현했습니다. 그래서는 저는 답글로 "욕심이라고 표현해야 하지 않을까요! 더럽혀진 단어 '욕망'을 회복할 수 있을까요?"라고 적었더니 "도 닦기, 탈자본주의, 자급자족하기"라는 말로 돌아왔습니다. 자신이 가진 재산을 전액 기부하고 대통령 봉급도 받지 않겠다던 이가 어떻게 이런 오늘의 모습을 갖게 되었는지 도무지 이해할 수가 없습니다.

기독교에서는 부활절 전 40일을 사순절이라고 부릅니다. 이 절기는 예수의 죽음과 부활을 준비하는 기간입니다. 이 절기는 예수의 죽음을 애도하고 부활을 기뻐하는 데 의의가 있습니다. 부활한 예수는 40일간 이 땅에서 지내다가 승천하시고, 그 후 10일에 성령께서 강림하시어 각 사람 위에 임하는데 이것을 오순절 사건이라 부릅니다. 기독교는 지난 2천 년 동안 이 절기를 이어 오고 있습니다. 예수의 죽음을 애도하는 여정이 지금껏 계속되고 있습니다. 물론 애도 뒤에 따른 부활에 참예(參詣)하는 예식도 있습니다. 그 당시 오늘날의 과학기술 수준이 있었다면 예수의 목소리, 눈빛, 필체 등을 기록했다가 우리가 듣고 볼 수 있었을 텐데 참 아쉽습니다.

요즘 우리가 어떤 분을 기념하는 장소에 가면 영상과 음성으로 그때의 그분을 만날 수 있는 공간을 마련하고 있습니다. 물론 그분들이 현재의 우리와 소통하는 게 아니라 일방적인 모습으로 나타나는 것이지만 우리는 그때 그분들을 맞으면서 애도합니다. 그러면서 그분들을 우리의 기억 속에서 잊지 않으려 하고, 이제는 우리 쪽에서 일방적으로 그분들을 붙잡고 매달립니다. 소통이란 게 상호적인데 죽음은 상호적이라는 말의 기능을 앗아 갑니다. 그래서 죽음은 불통입니다. 그렇기에 소통이 얼마나 중요한지요. 소통이 없다면 그것은 죽은 것입니다. 몸에서 세포가 서로 소통하지 않을 때, 공동체에서 구성원이 소통하지 않을 때, 건물에서 장치가 제 역할을 하지 않을 때, 거기에는 부분적인 죽음이 드리웁니다. 여기에는 모차르트의 레퀴엠(Requiem)이 전해 주는 넋이 나간 이를 위한 위로가 요청됩니다.

시인께서는 글의 마지막 부분에서 이렇게 말씀하셨습니다. "모든 것이 변해 간다는 일은 서글픈 일 중에서도 아주 서글픈 일입니다. 가슴 설레던 첫사랑도 시간이 흐르면 시들해지고 말지요. 그러나 사랑은 아름다운 추억을 남기지요. 그 추억의 힘으로 우리는 살아가는 것인지도 모르겠습니다. 어머님을 여의는 일이 가슴 저리지만 그분과의 추억의 힘으로, 그 사랑의 힘으로 오늘을 견디어 나가려 합니다. 그리고 그분의 사랑을 마음속에 지니고 모든 사람에게 나누어 주려 합니다. 사랑은 생명의 근원이기 때문입니다." 시인의 이런 마음을 저는 '첫사랑은 다시 돌아온다'는 말로 표현하고자 합니다. 어머님과 맺은 첫사랑을 통해 이제 어머님께서 곁에 계시지 않지만, 그 사랑을 모든 사람에게 나누어주는 것, 이것이 첫사랑의 위대한 힘이라고 생각합니다. 생명의 근원인 사랑, 이 사랑은 우리가 모두 어머니에게서 나왔기에 우리를 살아가게 하는 힘입니다.

속살을 앓았던 여름가게, 문가에 앉아
말복더위 같은 가슴이 새벽을 뛰고 있다.
지나는 행인들은 교회당 비둘기와 눈인사하며
콧노래를 부르는데,
지난 밤 내 잠결에 다가와 엽서를 읽어주던
그대는
나를 애타게 한다.
병명도 모르는 앓이를 하게 한다.
신경성으로 삭은 배만큼
그리움으로 곰삭은 수많은 세포들이
고개를 쳐들고 그대에게 손짓하며
사시나무처럼 흔들린다.
속살을 앓았던 우리엄마, 옆자리에 누워
뚝배기 같이 달아오른 내 몸은 설레고 …
그리워하는 만치 그대를 기이피 느끼고 싶다.

꺼지지 않는 목숨으로 그대 곁에 몸져눕고프다.

- 「열병」.

어머니의 태에서부터 그리고 태어나면서부터 우리의 몸은 어머니의 말로 엮여 어머니와 연결되어 있습니다. 그렇기에 어머니는 우리의 첫사랑입니다. 어머니가 우리 곁을 떠나면서, 우리는 엮였던 것으로부터 분리된 채 놓이게 됩니다. 그래서 꽃이 시들고 물이 마르듯이 우리 몸도 그런 상태에 놓이게 됩니다. 하지만 우리 근원에는 첫사랑의 씨가 다시 자라나 잎을 내고 꽃을 피워 그 자태를 더 진하게 드러낼 것입니다. 시인께서 "꽃들은 왜 사랑할 때만 발열하는가"라고 시에 쓰셨듯이 그 과정을 열병이라고 부를 수 있다면 우리 몸은 햇살을 받아 데워져서 광합성 작용을 통해 왕성한 생명으로 피어날 것입니다.

유쾌한 만남 후에…

시와 중용(中庸) / 고명수

1. 대상복구의 소망, 혹은 존재의 수용과 초극

창의성과 같은 무언가를 창조하고자 하는 제반 충동이나 욕구는 손상된 내적 대상을 복구하려는 인간의 욕구와 깊이 연결되어 있다고 한다. 이를 영국의 심리학자 시걸(Hanna Segal)은 '복구 추동(reparative drives)'이라고도 했다. 무너진 대상을 복구하려는 충동에서 말미암는 이것은 욕구의 승화를 통하여 마음의 평형을 이룰 수 있다. 복구추동은 자아와 대상관계의 발달에 필수적이고 창의적이며 건설적인 성취의 원동력이 된다.

당나라의 문학가이자 사상가인 한유(韓愈, 768-824)는 사물들은 그 놓인 위치가 편안하지 않으면 소리를 내게 마련이라고 했다. 따라서 시인은 반드시 사물의 안으로 들어가 그 사물의 본질을 밖으로 끌어내어 자기화함으로써 평형을 이루게 해 주어야 한다. 심리적 평형을 이룬다는 말은 게슈탈트 심리학에서 말하는 '항상성(homeostasis)'과 관계가 있다. 이는 '복구 추동'의 개념과 서로 연관 지어 생각할 수 있는데, 내적 대상의 붕괴로 심리적 균형이 깨지면 모든 체계는 다시 평형을 회복하려는 속성이 있다는 것이다. 시인이나 예술가들이 불완전하게 존재하는 사물들에 다가가 그들의 이름을 불러 주고 그들의 본래면목을 밝혀 주어 존재를 드러내게 해 주는 것은 사물의 새로운 의미를 드러나게 하는 것이다. 이때, 비로소 사물과 시인 모두 평형을 회복하는 것이다.

인간의 깊은 무의식 속에는 손상된 내적 능력을 복구하려는 충동이 있고, 그것이 예술적 창조로 나아가게 한다고 볼 수 있다. 따라서 예술은 완전하고 통합된 개성을 생생하게 보여 주는 예술가의 능동적 자기실현이며, 지고(至高)의 자아실현을 추구하는 예술적 표현활동이다. 이는 곧 이드(id)의 욕구와 집단적 무의식을 상징의 형식으로 다듬는 적극적인 심리적 과정이기도 하다. 그러므로 그것은 가장 처절한 혼의 투쟁이며 치열한 생명구현의 현장으로서 인간성을 심화하고 정화함으로써 소외된 인간성을 회복하는 수단이 된다.

시인들은 형상화의 실천으로 자신의 정서적 위기를 극복한다. 충동과 절제의 균형과 조화를 이룸으로써 존재를 지탱해 가는 것이다. 일제강점기에 많은 시인은 시 창작을 통하여 무너진 내면의 균형을 복구하려고 안간힘을 썼다. 그것은 곧 내적 대상의 복구충동을 해소해 가는 과정이었다. 김소월과 백석의 경우 그것은 지명에 대한 애착(topophilia)로 나타났다. 특히 김소월은 일제라는 남성적 폭력이 지배하던 시절, 내면의 붕괴와 결핍을 모성적인 물로 채우기를 간절히 꿈꾸었다. 그리고 그곳으로의 회귀를 갈망하는 노래를 불렀는데, 라캉의 용어를 빌리면 거의 '반복 강박적'으로 불렀다고 할 수 있다.

엄마야 누나야 江邊살쟈,

쓸에는 반짝이는 金모래빗,

뒷門밖게는 갈닙의노래

엄마야 누나야 江邊살쟈.

- 김소월, 「엄마야 누나야 강변살자」 원문.

아버지의 정신착란으로 인한 부친상의 결여가 김소월에게 심적 불안의 근원적 요인이 되었을 뿐 아니라 떠돌이 의식의 바탕이 되었다. 그로 인한 모성적 이마고(imago, 정신분석학에서의 이미지)의 파탄이 초래한 '틈'들이 스승이었던 김억의 지도와 소월 자신의 각고의 노력으로 균형과 세련을 거친 충만한 말(parole pleine)들에 의해 복구되었다. 이렇게 자신을 재정립함으로써 어느 정도 치유가 가능했으나, 동경 유학의 중도 좌절은 누적되어 온 자아상에 결정적인 균열(die Spaltung)을 생기게 했다.

그리고 일제강점기 일본 경찰들의 잦은 소환은 그의 예민한 신경을 더욱 자극하여 자폐적 성격으로 치닫게 했다. 마지막 생업이었던 신문사 지국 경영도 실패하게 되자 '조각난 몸의 환상'이 되살아나 마침내 죽음의 세계로 귀환해 버리고 말았다. 그의 죽음은 그의 시적 주체 속에 고향과 어머니에게로 돌아가고자 한 그의 욕망을 이룰 수 없는 영원한 꿈으로 만들었다. 시들은 억압된 시대를 건너 보려고 발버둥 치던 한 영혼의 처절한 투쟁의 기록으로 남았고, 또한 그 좌절의 기표였다고 볼 수 있다.

소월은 잃어버린 대상, 상실한 님을 향한 노래를 애절하게 불렀다. 좁히고 싶어도 좁힐 수 없는 거리에서 오는 걷잡을 수 없는 그리움의 세계를 한없이 노래 불렀으나 끝내 그곳에는 도달치 못하고 만다. 왜냐하면, 그곳은 '남의나라짱'이었기 때문이다. 그래서 그는 꿈속에서나마 고향을 꿈꾸며 평화로운 공동체적 삶을 그리워한다.

나는 쑴꾸엇노라, 동무들과내가 가즈란히
벌싸의 하로일을 다맛추고
夕陽에 마을로 도라오는 쑴을,
즐거히, 쑴가운데

그러나 집일흔 내몸이어,
바라건대는 우리에게 우리의보섭대일짱이 잇섯드면!
이처럼 써도르랴, 아픔에점을손에
새라새롭은 歎息을 어드면서.
- 김소월, 「바라건대는 우리에게우리의보섭대일짱이 잇섯더면」 1, 2연
원문.

집 잃은 몸이 떠도는 것은 결국 땅이 없어서였고, '나는 무심히 니러거러 그대의잠든몸우헤 기대여라'(「默念」)에서 보듯, 잠에서 깨어나지 못하는 '그대'는 곧 잃어버린 조국 강토의 '시니피앙'이었다. 우리는 김소월의 「밧고랑우헤서」라는 후기 시에서 평화

로운, 그러면서도 건강한 노동의 기쁨이 충만한 한순간을 만나게 된다. 소월의 시 중에서 가장 밝고 건강한 생의 기쁨을 노래한 시로서, 숱한 비애와 좌절이 연속되는 틈을 비집고 솟아오른 생명의 약동을 포착한 듯한 작품이다. 즉 무의식 속에 억압되어 있던 원초적 상상계의 풍경이 어떤 충일의 순간에 세계와의 자아동일시를 이룬 것이라 할 수도 있고, 무너진 내적 대상의 복구 추동이 어느 한순간에 상상적 실현을 이룬 것으로 볼 수도 있다.

우리두사람은
키놉피가득자란 보리밧, 밧고랑우헤 안자서라.
일을畢하고 쉬이는동안의깃븜이어.
지금 두사람의니야기에는 꼿치필때.
오오 빗나는太陽은 나려쏘이며
새무리들도 즐겁은노래, 노래불너라.
오오 恩惠여, 사라잇는몸에는 넘치는恩惠여,
모든은근스럽음이 우리의맘속을 차지하여라.

世界의끗튼 어듸? 慈愛의하눌은 넓게도덥혓는데,
우리두사람은 일하며, 사라잇섯서,
하눌과太陽을 바라보아라, 날마다날마다도,
새라새롭은歡喜를 지어내며, 늘 갓튼짱우헤서.

다시한番 活氣잇게 웃고나서, 우리두사람은

바람에일니우는 보리밧속으로

호믜들고 드러갓서라, 가즈란히가즈란히,

거러나아가는깃븜이어, 오오 生命의向上이어.

- 김소월, 「밧고랑우헤서」 원문.

위의 시는 이상화의 「빼앗긴 들에도 봄은 오는가」보다 훨씬 더
구체적이고 현실감을 주면서 삶의 환희와 노동의 기쁨을 노래하
고 있다. 내적 결핍과 한(恨)을 승화(sublimation)시켜 모든 것이 복
구된 세상의 모습을 '일하며 살아 있는' 자애롭고도 충만한 세계,
노동과 휴식의 기쁨이 있고 빛나는 태양이 있으며, 생명의 환희
와 기쁨을 노래하고 있다. 시인들은 이처럼 자신의 내면적인 결
핍과 한을 시로 풀어낸다. 구구절절이 그것을 풀어내다 보면 어
느새 마음의 안정을 찾게 되고 심리적 균형을 회복하게 된다.

우리가 살다 보면 마음 한구석에는 언제나 한이 쌓이게 마련
이다. 남달리 감수성이 예민하다 보니 느껴지는 것들이 많고 생
각해 보면 볼수록 삶이란 본질적으로 부조리하니 어찌 한이 쌓이
지 않겠는가? 마음속에 쌓인 한을 노래로 풀어내다 보면 어느새
속이 후련해지고 부조리한 존재의 운명을 긍정하게 된다. 균형이
깨어졌던 마음이 복구되고 다시 한 번 힘을 내어 살아 봐야겠다
는 마음이 솟아나는 것이다. 이런 것이 시를 쓰는 행위가 지닌 자
동적인 치유의 기제(mechanism)가 아닐까 생각해 본다.

2. 존재의 근원적 불안과 시 쓰기

자신의 의지와 상관없이 이 세계 안으로 내던져진 인간존재는 근원적으로 불안하다. 세계는 그 자체의 논리에 따라 움직이고 인간주체의 마음은 그것과 상충되기 때문이다. 따라서 실존주의자들의 언명처럼 세계 안에 내던져진 존재는 근원적으로 불안하다. 불안(anxiety)은 신체 내부기관에서의 흥분으로 생기는 고통스러운 감정의 체험이다. 이러한 불안은 자아에 위험신호를 보냄으로써 미리 위험처리 대책을 강구할 수 있도록 하는 기능을 한다. 불안을 적절하게 해결하지 못하면 신경증이 유발된다고 한다. 불안은 원인에 따라 현실적 불안, 신경증적 불안 그리고 도덕적 불안으로 구분된다.

신경증적 불안(neurotic anxiety)은 본능에서 유발된 위험을 자각하는 데서 비롯되는 고통스러운 심리적 체험으로서, 자아의 반대충당이 원초아의 대상충동을 통제하는 데 실패하게 되면 어떻게 되나 하는 불안이다. 이를테면 성적 본능이나 공격적 본능에 대해 자아가 통제하지 못한 채 밖으로 표출되면 어쩌나 하는 것에 대한 걱정이다. 세상은 인간의 무분별한 본능과 충동을 통제하기 위하여 정신병원 제도와 감옥제도, 혹은 일부일처제도와 같은 다양한 제도를 만들어 일탈자들을 관리하고 있다. 그러므로 문명이 발달하면 할수록 인간의 본능은 억압되게 마련이고, 문명과 제도 속에 갇힌 인간들은 문명에 대해 불만스러울 수밖에 없다. 그래서 문명이 발달하면 할수록 우울증이나 정신분열 혹은 불안장애와 같은 정신장애는 증가할 수밖에 없다.

아리스토텔레스대학에서 이메일이 날아왔습니다 광속으로 날아온
이메일에서는 향기가 납니다 그것은 푸른 사랑의 빛이었습니다 아
름다운 소리를 냅니다 담담한 설록차 맛이었습니다 갑자기 나의 淫
心이 부끄러워집니다 근심은 애욕에서 생기는 것을, 불혹에 들어서
도 나는 아직 애욕을 다스리지 못하여 뒷골목을 방황합니다 오늘도
몸은 파김치가 되어 흐리멍텅한 정신으로 모니터 앞에 앉습니다만,
먼 희랍의 아리스토텔레스대학에서 온 이메일은 선사의 할과도 같
이 내 정수리를 칩니다 문득 마우스가 따뜻해져 옵니다 내 손은 왜
이리 떨릴까요? 아름다운 향기, 푸른 사랑의 빛은 이미 떠나온 지 오
래서 그럴까요? 담담한 설록차맛에 이르는 길은 왜 이리 멀기만
할까요? 까닭 모를 두려움과 서글픈 나의 운명이 가엽기만 합니다
아리스토텔레스대학에서 이메일이 날아온 날 나는 나의 어둠과 미
래를 생각하고 기쁨도 슬픔도 아닌 고요한 진실 앞에 아득해집니다
    - 「이메일의 향기」.

프로이드가 말한바, 인간의 가장 근원적인 충동 중의 하나인
성적 본능에 기반하고 있는 애욕이나 음심(淫心)은 '까닭 모를 두
려움'과 서글픔을 야기할 수밖에 없다. 원시사회와 달리 현대 문
명사회는 미세한 통제의 그물망이 쳐져 있기 때문이다. 문명제
도의 억압으로 인간의 본능은 억압되고 그로 인해 다양한 형태의

신경증을 유발한다. 위의 시에서 화자 역시 충족되지 못한 애욕에서 근심이 생긴다고 말한다. 중년에 접어들어서도 근원적인 충동인 그것이 제대로 해소되지 못하여 방황하던 화자는 먼 아리스토텔레스대학에서 날아온 이메일을 통해서 '선사의 할'과도 같은 자극을 받고 회상과 자기 성찰의 계기를 맞이한다. 아리스토텔레스가 강조한 것은 알다시피 중용과 절제의 고전주의 철학이다. 중용과 절제의 미덕은 '아름다운 향기'이자, '푸른 사랑의 빛'으로 어우러진 '고요한' 삶의 진실이다. 그러한 중년의 상태에 이르지 못한 화자는 여전히 까닭 모를 두려움과 서글픔에 정신이 아득해짐을 토로하고 있다.

필자의 어머니는 신앙심이 돈독한 분이셨다. 어머니는 때때로 방생을 가셨다. 몸이 많이 안 좋으셨는데도 틈나실 때마다 한강으로 가셨다. 그것은 어쩌면 곤고한 삶의 중압감으로부터 균형을 잡고 사라질 것 같은 자신의 존재를 해방하고자 하는 하나의 보상행위가 아니었을까 생각해 보기도 한다. 칠 남매를 혼자서 키우려고 할 때 닥쳐오는 삶의 불안으로부터 자신을 다잡아 균형을 지켜 나가려는 복구 추동은 자연스럽게 방생이라는 형식을 통하여 자신을 위로하였던 것이 아닌가 한다. 그러한 어머니를 바라보는 화자의 마음 또한 모친에 대한 애처로움과 함께 '미꾸라지처럼 빠져나가는' 자신의 불안한 마음을 토로한다. 자신의 어머니가 모진 목숨을 이어왔던 비결이 '방생'이라는 행위를 통해 자신의 심리적 균형을 유지해 왔다는 것을 깨닫는다. 우리는 살아가면서 때때로 어떤 깨달음을 얻고 새로운 다짐을 한다. 그러나 기억의 한계로 인해 금방 그것을 잊어버리기도 한다. 보임(保任) 이란 깨달음을 보호하여 온전히 간직함을 의미한다. 화자는 깨달음을 얻기보다 그것을 지키기가 더 어려움을 토로한다.

우신거리는 몸을 이끌고
어머니는 오늘도 방생을 가신다
어머니는 왜 강으로 가시는가?
방생이란 목숨을 풀어 목숨을 이어간다는 논리
아니면 이 목숨을 풀어 저 목숨을 구한다는 이치
단명한 마음이여,
촛불처럼 흘러가는 마음은 잡기가 어렵구나!
미꾸라지처럼 빠져나가는 그 놈을 잡으려고
어머니 오늘도 남한강가로 가시네
바람은 서편에서 불어오는데,
달은 불안(佛顔)처럼 높이 떠 만상을 비추는데,
어머니 오늘도 방생을 가시네
모진 목숨을 이어오신 어머니의 비결이
바로 저것이었던가?
깨닫기보다 그걸 지키는 게 더 어렵다는 것을,
필사적으로 지키지 않으면 무너진다는 것을,
나는 아직도 알지 못한다

하여 나는 오늘도 망연히 꿈속을 간다

한때 빛났던 많은 것들을 잃어버리고

아까운 목숨만 축내고 있다

- 「보임」.

마음이란 변덕이 많고 요사스러워서 원숭이처럼 가만히 있지를 않고, 미꾸라지처럼 요리조리 빠져나간다. 그러니 마음의 균형을 잡아서 중용의 상태를 유지하는 것이 쉽지 않다. 평상심(平常心)이 곧 도라는 선가의 금언도 평정한 마음을 유지하는 것이 얼마나 어려운가를 방증한다. 슬프면서도 그 슬픔에 빠져서 매몰되지 않고 적절한 거리를 유지하는 '애이불상(哀而不傷)'이야말로 시의 본질이요, 중용의 미덕인 동시에 시의 효용적 기능을 대변하는 말일 것이다. 자율성과 창의성이 발현되는 창작의 과정이 곧 내적 대상의 복구 과정인 동시에 항상성을 회복하려는 몸짓이다. 이렇게 시인은 '애이불상'의 노력을 통하여 심적 평형과 중용의 자세를 견지하면서 존재의 유한성을 수용하고 초극하려는 언술행위를 지속해 나가는 존재가 아닌가 한다.

3. 삶의 추동과 죽음의 추동 사이의 투쟁

정신분석학자인 멜라니 클라인(Melanie Klein)은 인간의 모든 갈등이 삶의 추동과 죽음의 추동 사이의 투쟁에 기인한다고 말한 바 있다. 그러므로 그 유명한 셰익스피어의 비극 『햄릿』의 3막 1장에 나오는 햄릿의 독백은 바로 삶의 가장 본질적인 고뇌를 토로한 것이라 할 수 있다.

사느냐, 죽느냐 이게 문제로군, 어느 쪽이 더 사나이다울까?
포아한 운명의 돌팔매와 화실을 마음속에서 너 참는 섯이 고상한가?
아니면 밀려드는 재앙을 힘으로 막아 싸워 이를 없애는 것이 고상한가?
죽어버려, 잠든다, 그뿐이겠지. 잠들어 만사가 끝나 가슴 쓰린 온갖 심뇌와
육체가 받는 모든 고통이 사라진다면 건 바라마지 않는 생의 극치,
죽어 잠을 잔다, 잠이 들면 꿈을 꿀 테지. 아, 그게 걸리는군!
이승의 번뇌를 벗어나 영원의 잠이 들었을 때, 어떤 꿈을 꿀 것인지,
이게 망설임을 준단 말이야. 그러니까 이, 고해 같은 인생에 집착이 남는 법.
그렇지만 않다면야 그 누가 이 세상의 사나운 비난의 채찍을 건디며,
폭군의 횡포와 세도가의 멸시, 버림받은 사랑의 고민이며,
재판관의 지연, 관리의 오만, 유덕인사에 가하는 저 소인배들의 불손,
이 모든 것을 참고 지낼 것인가? 한 자루의 단도면 쉽게 끝낼 수 있는 일.
그 누가 이 지리한 인생길을 무거운 짐을 지고 진땀을 뺄 것인가?

다만 한 가지 죽은 뒤의 불안이 남아있으니까 탈.

나그네 한번 가서 돌아온 적 없는 저 미지의 세계,

결심을 망설이게 하는 것도 당연한 노릇이지,

알지도 못하는 저승으로 날아가느니 차라리

현재의 재앙을 받는 게 낫다는 결론. 이러한 조심 때문에

우리는 더 겁쟁이가 되고, 결의의 저 생생한 혈색도

우울의 파리한 병색이 그늘져

충천하던 의기도 흐름을 잘못 타 마침내

실행력을 잃고 마는 것이 고작 아닌가.

— 셰익스피어, 『햄릿』, 3막 1장 (여석기 역, 필자 부분 개역).

이 극시에는 특별한 인연이 있다. 고뇌가 많았던 20대 초반 대학 시절, 아르바이트로 지쳐 잠이 들었던 어느 텅 빈 강의실에서 우연히 발견한 글이다. 아마도 영문과 학생이 커닝하려고 적어 둔 듯한 책상 위의 깨알 같은 글씨의 원문을 발견하고 그것을 적어다가 십여 가지의 번역본을 찾아 읽어 보았다. 그중 위에 인용한 여석기 교수의 번역이 가장 무대의 언어와 우리말 가닥에 잘 맞는 듯하여 몇 번 읊조리니 자연스럽게 외어졌다. 그 뒤로 나는 가슴이 답답할 때면 이 독백을 읊조리곤 하였다.

놀랍게도 그때마다 가슴이 후련해지며 새로운 힘과 용기와 희망이 생겼다. 아무리 괴로운 삶의 고뇌가 파도처럼 내게 닥쳐올지라도 '살 것인가, 아니면 죽을 것인가'라는 본질적 고뇌에 비추

어 보면 하찮은 것이 되고 마는 것이었다. 문학작품을 통하여 내적 고뇌가 정화되고 객관화됨으로써 일정한 거리를 두고 그것을 바라볼 수 있게 된 것이다. 이것이 이른바 이야기치료에서 말하는 '거리두기' 혹은 '외재화'라고 할 수도 있고, 정신분석의 이른바 카타르시스를 통한 슬픔의 정화(淨化), 혹은 비극의 훈련 효과가 아닌가 싶다. 햄릿의 독백과 너불어 역성 속의 나를 지탱해 주었던 또 하나의 시가 철학자 니체의 시였다.

인생의 목적은 끊임없는 전진이다.
앞에는 언덕이 있고
냇물이 있고
진흙도 있다.

걷기 좋은 평탄한 길만이 있는 것은 아니다.
먼 곳으로 항해하는 배가 풍파를 만나지 않고
조용히만 갈 수는 없다.

풍파는 언제나 전진하는 자의 벗이다.
차라리 고난 속에 인생의 기쁨이 있다.
풍파 없는 항해란 얼마나 단조로운 것인가?

고난이 심할수록 내 가슴은 뛴다.

- 프리드리히 니체, 「인생의 목적은 끊임없는 전진이다」.

위의 시에서 '고난 속에 인생의 기쁨이 있다'는 말은 생을 바라보는 긍정적인 시각을 주었다. 그리고 '고난이 심할수록 내 가슴은 뛴다'는 마지막 구절은 고난이라는 상황에 대해서 거기에 함몰당하지 않고 그것을 객관적으로 바라보게 하면서, 나에게 삶의 시련과 고난 자체에 적극적으로 응전해 가는 삶의 태도를 형성케 해 주었다.

예술을 경험하게 하는 것은 이처럼 매체와의 상호작용을 통하여 정서적 교감을 나누며 자신에 대한 자각이 일어나 심리적, 신체적 역동성을 가지고 자신을 표현할 수 있도록 돕는다. 청소년 시절 줄기차게 일기를 써 왔던 것도 어쩌면 무너지려는 자기 자신을 복구하려는 내적인 의지가 작용한 것이 아니었나 생각해 본다.

4. 삶의 본질과 청복(淸福)

인간은 본질적으로 고독하다. '고뇌와 고독의 전령사' 쇼펜하우어는 그의 명저 『부록과 첨가』에서 다음과 같이 말한다.

> 누구나 오로지 혼자일 때만이, 온전히 그 스스로가 될 수 있다. 고독을 사랑하지 못하는 자는 자유를 사랑하지 못한다. 왜냐하면 단지

혼자일 때만이, 인간은 자유롭기 때문이다.

고독은 인간의 본질적인 숙명이기 때문에 이를 피하려고 하면, 인간은 자유를 잃게 되고 누군가에게 종속되며 번뇌에 빠지게 된다. 고독할 때, 인간은 스스로가 되고 자유를 얻는 것인데, 왜 사람들은 고독을 피하려 하고 스스로 시들어 갈까? 정호승의 「수선화에게」라는 시는 그렇게 고독을 피하여 시들어 가는 수많은 군상에게 냉철한 존재의 본질에 대한 자각과 함께 상처 입은 마음을 달래 주는 감동적인 울림을 줌으로써 교훈(utile)과 기쁨(dulce)이라는 문학의 고유한 기능을 발휘하고 있다. 이 시에서 시인은 화자의 입을 통하여 외로움 때문에 울고 있는 많은 상처 입은 독자들에게 담담하게 그러나 따뜻하면서도 자상한 어조로 말한다. 화자는 마치 스님이 제자를 타이르는 듯한 어조를 통하여 인간존재의 본질적 고독을 일깨우면서 그 외로움을 회피하려고 하지 말고, 또 부질없는 기대를 하지 말고 그것을 견디라고 말한다. 그리고 그러한 현실을 있는 그대로 받아들이라고, 즉 직면(confrontation)하라고 말한다. 그런데 이러한 고독은 나 혼자만이 지닌 괴로움이 아니라 다른 존재들, 이를테면 '가슴검은도요새'라든지 '종소리' 혹은 '산그림자' 심지어 '하느님'까지도 외로워서 눈물을 흘린다고 말함으로써, 시를 읽어 가다 보면 독자들은 어느새 따뜻한 위안을 받게 된다.

아, 이 세상에 나만 외로운 게 아니구나, 모두 다 외로운 존재들이구나, 이렇게 존재의 본질을 자각할 때, 주위의 모든 존재를 새로운 관점에서 바라볼 수 있게 되고 그들과의 동질감을 느끼면서 고독으로부터 초래되는 우울감을 벗어날 수 있게 된다. 실제로 필자가 지도한 워크숍에서 한 참가자는 이 시를 읽고 한없이 울고 났더니 마음이 매우 편안해졌다고 고백한 바 있다. 마음속의 '미해결과제(unfinished business)'들이 이처럼 예술을 통하여 해소될 때 정화작용이 일어나 마음의 평형을 회복하게 되는 것이다. 이러할 때 우리는 맑은 복(淸福)의 상태에 이른다.

　사람은 누구나 행복한 삶을 꿈꾸고, 행복의 형태는 다양하다. 다산 정약용은 가슴을 뜨겁게 해 주는 화끈한 행복을 열복(熱福)이라 하고, 사소하지만 청아한 삶의 일상에서 오는 행복을 청복(淸福)이라 하였다. 열복이란 '외직에 나가서 장군이 되어 깃발을 세우고 결재도장을 찍으며 젊은 여인들과 즐겁게 놀다가 내직으로 들어와 높은 가마를 타고 조정에 들어가 정사를 결정'하는 이른바 세속적인 성공과 출세를 의미하고, 청복은 '비록 깊은 산속, 아무도 알아주는 이 없는 곳에 살고 있지만 푸른 계곡 물을 바라보며 발을 담그고, 예쁜 꽃과 나무들을 벗하며, 내 인생의 사소하지만 의미를 찾는'(박재희, 『3분고전』, 작은씨앗, 2010) 기쁨, 듣기만 해도 마음이 맑아지는 일상의 사소한 행복이다. 다음의 시는 도시의 분주함과 영화로움을 벗어난 조촐한 행복에 대한 소망을 그리고 있다. 부귀와 영화를 벗어난 청복의 세상에 자본과 물질의 유혹은 잦아든다. 건강한 노동과 마음의 풍요가 있을 뿐이다.

내 친구 이시백이 분가를 한단다

그 동안 얹혀 지내던 어머니로부터

독립을 하고 소사로 이사도 한단다

거기서 그의 아내는 분식집을 열 거고

그는 그새에 취업을 했다고 한다

얼마 전 모 대학 실업자 재취업과정에서

자연 환경 안내자 교육을 받는다고 들었는데

어느새 마치고 취직을 했다니!

그는 지금 태화산 국립 서울대학교 연습림에서

웃자란 가지를 치며 생명의 숲 가꾸기 운동을 하고 있다

태어나서 처음으로 국가의 녹을 먹고 있다고 큰 소리다

9월 2일이면 첫 월급을 받는다는데

우리 영화모임 회원들에게 속옷을 하나씩 사준다면서

팬티사이즈를 말하라며 으시대기에,

팬티는 어머니와 내자에게나 사 주고

그냥 요구르트나 하나씩 돌리라고 했다

그는 틈만 나면 은근히 꺼낸다

마치 전설의 고향 시리즈인 양

그의 아내가 신혼 다음날 26명 친구들의 밥을

군소리 하나 없이 해 주었다는 것을

이러한 나의 친구 이시백과 그의 아내가 개업하는 날

나는 비로소 꽃훈장을 하나

그의 가슴에 달아줄 참이다

그리고 그가 일한다는

태화산 국립 서울대학교 연습림으로 가서

생명의 숲은 어떻게 가꾸는 것인지 듣고 싶다

언젠가 전지를 끝낸 그의 숲에도

치르치르 미치르가 가지고 올 파랑새가

파아란 노래를 부르며 날아오를 것이다

- 「내 친구 이시백의 요즈음」.

자본주의의 발달은 인간의 욕망을 부추기는 열복 추구의 시스템이다. 재화와 기회는 유한한데, 욕망은 무한하다. 끝없이 이윤을 창출하려는 자본의 시스템이 지닌 벡터는 지속적으로 소비자의 감각을 자극해야만 작동된다. 그런데 자본주의의 물질적 풍요의 이면에 간절히 궁핍을 원하는 또 하나의 마음이 있다고 정신분석학에서는 말한다. 위의 시에서 화자는 소박한 서민의 삶을 살아가고 있는 그의 친구의 모습을 통해서 행복한 삶은 아주 사소한 곳에 있음을 보여 준다. 아주 작은 선물이 우리의 맑은 행복의 근원임을, '웃자란' 욕망의 가지를 치고 났을 때 행복의 파랑새가 희망의 노래를 부르며 날아오를 수 있음을 피력하고 있다.

시는 궁해진 뒤에 더 좋아진다(詩窮而後工)는 말이 있다. 구양수의 이 말에서 '궁'이란 작가가 처한 궁핍한 상황을 말하는데, 물질적 의미보다는 정신적 의미가 더 강한 것으로 이해된다. 궁핍한 정신에서 공교로운 시가 나올 수 있음을 지적한 말일 것이다.

5. 중용과 정오의 사상(*pense de midi*)

문명의 현실과 존재의 조건에 대해 형이상학적 반항을 추구하며 길들여진 세계를 거부할 때 우리는 비로소 밝고 찬란한 세계, 생명력으로 가득한 '정오(midi)의 세계'에 도달할 수 있다. 부당한 운명에 반항하는 가장 올바른 길, 사람이 사람답게 사는 가장 바람직한 길은 무엇일까? 그것은 어쩌면 너그러움과 알맞음, 절도와 사랑으로 대변되는 카뮈의 '정오의 사상'이거나 아리스토텔레스가 그의 『니코마코스 윤리학』에서 말하는 행복을 추구하는 목적론적 윤리관으로서의 '중용' 혹은 동양의 고전인 자사(子思)의 '중용'에 그 해답이 있지 않을까 생각해 본다.

카뮈가 말한 '정오의 사상'에서 '정오(正午, midi)'란 낮을 똑같이 둘로 나누는 중심점으로서 어느 쪽으로도 치우치지 않는 것이므로, 인간을 절대화된 역사나 이데올로기의 노예로 만드는 것에 반항하면서 모든 인간에게 공통된 하나의 인간성을 긍정하는 것이 된다. 그의 '반항적 인간' 또한 힘을 모아 서로 돕는 연대성(solidarité)으로 억울한 운명에 맞서며, 긍정적인 삶의 모럴을 탐구하는 것으로 니힐리즘의 암흑 저편에 도래할 밝고 찬란한 르네상스를 꿈꾸던 카뮈의 '정오의 사상'은 곧 절도와 중용, 그리고 사랑을 중요시하는 지중해적인 사상의 부활, 곧 고대 그리스의 이성에 바탕을 둔 절제와 중용과 균형의 사상이다.

동양사상에서 '중(中)'이란 가능성을 포섭한 체 아직 발현되지 않은 상태, 희노애락(喜怒哀樂)의 감정이 아직 발현되지 않은 상태, 모든 감정이 동적 평형(dynamic equilibrium)을 이루고 있는 상태를 말한다. 그것은 마치 어린아이와 같은 하나의 가능태로서의 인간의 모습을 의미한다. 그리고 발현되더라도 삶의 모든 상황에 잘 들어맞아 조화를 이루는 상태를 화(和)라고 한다. 그것은 '달성되어야 할 이상'(김용옥,『중용한글역주』, 통나무, 2011)이다.

심리 치료적 관점에서도 이 말은 타당하다. 중(中)과 화(和)의 상태에 이르면 세상이 올바로 서고 만물이 잘 자란다는 것은, 마음의 안정과 평화, 연대성에 바탕을 두고 어느 쪽으로도 치우치지 않는 사랑과 절제를 지닌 '정오'의 상태와 모든 감정이 동적 평형을 이룬 '중용'의 상태에서 사람들의 덕성(arete)이 잘 발현되며, 진정한 의미의 행복한 상태(eudaimonia)에 이를 수 있는 것이다. 이것은 어쩌면 이상사회의 모습인 동시에 바람직한 사회복지의 이상태이기도 할 것이다. 이를 정신 역동적 관점에서 말해 본다면, 원초아와 자아와 초자아가 균형을 이룬 가장 건강한 마음의 상태인 것이고, 이 균형이 깨어졌을 때 각종 심리적 장애가 발생하며, 그것을 복구시키려고 하는 것이 정신분석치료이고 예술치료이다.

영화 《매트릭스》에서와 같은 마음의 감옥은 우리에게 근원적인 괴로움과 아픔과 슬픔을 초래한다. 우리는 왜 마음의 감옥, 생각의 감옥에서 벗어날 수 없는 것일까? 생각의 벽, 관념의 벽이 가장 넘기 어려운 벽이라고 대행선사가 말했지만, 수행이란 바로 그 벽을 넘어서 생각의 벽, 관념의 벽을 벗어나는 것이 아닐까?

시 또한 고정관념과 타성에 젖은 언어의 벽을 넘어서야 한다는 점에서 선과 일치한다. 영국의 심리학자이자 선 수행자인 데이비드 브레이저(David Brazier)는 그의 주저인 『선 치료』에서 선을 우리에게 "참으로 진실된 그 무엇, 즉 진정한 빛"을 찾기 위해서 "생생하게 살아 있는 존재감을 뼛속 깊숙이 체험해 보는 것"이며, "온전하게 깨어 있는 삶을 사는 것"이라고 말한다. 어쩌면 시인도 그러한 삶을 꿈꾸는 것이 아닐까 생각해 본다.

정신분석(학)과 정신말(줄) / 강응섭
- 우리의 정신줄을 새롭게 하는 솜씨 좋은 어머니의 바느질처럼

2016년 봄에 기획한 시인과의 대화가 2018년 봄에 끝이 났습니다. 대략 2년간, 보통의 책 집필에 필요한 시간보다 길게 편지를 주고받았습니다. 좀 긴 시간입니다. 더욱이 시인의 첫 글은 6개월이 지나서야 도착하였습니다. 아마도 얼굴도 모르고 살아온 이력도 모르는 낯선 인연을 맺기에는 이렇게 긴 시간이 필요할지도 모릅니다.

문득, 설렘 가득히 기다리며 시인의 시집을 읽은 기억이 납니다. 저는 보통 시집을 읽을 때면, 시집 뒷부분에 첨부된 평론가의 글을 참조하면서 시를 이해합니다. 하지만 시인께서 쓰신 책들에는 해설서가 없어 참 궁금한 부분이 많았습니다. 그런 데 보내 주신 첫 원고에서 시를 공감할 실마리가 보이기 시작했습니다.

어디에서 그 씨앗을 가져왔는지, 그리고는 가슴에 잉태한 시의 심장 박동을 살그머니 들려주셨습니다. 마치 아이를 밴 어머니가 자신의 배를 쓰다듬며 자랑스러워 하듯이 말입니다. 그렇게 시인의 가슴에 품은 시는 인고의 과정을 거칩니다. 좋은 글과 건강한 지식을 먹으며 무럭무럭 자란 시는 드디어 시인의 손끝에서 태어납니다. 이렇게 시가 탄생하기까지 전 과정을 자신이 직접 설명해 주시니 참 놀랍고 신선했습니다. 그래서인지 시어 하나하

나가 더 친근하고 두텁게 다가왔습니다.

저에게 이런 경험은 낯선 것이 아니어서 더욱 공감을 주었습니다. 제 상담소에 자신의 고민과 걱정을 말하고자 오는 내담자들의 '말'은 처음에는 무척 낯설고 당혹스럽습니다. 하지만 내담자와 같이 시작과 변화를 찾아가면서 '말'은 어느덧 이해할 수 있는 언어가 됩니다. 그리고 '말'은 치유의 언어로 탈바꿈하여 다시 내담자에게 돌아갑니다.

어쩌면 시인의 '시어'도 누군가에게는 윙윙대며 날갯짓하는 곤충의 소리처럼 낯설게 들릴 수 있다고 생각합니다. 하지만 존재를 담은 '시어'를 시인이 품은 만큼 간직하고 돌본다면 의미와 가치가 우러납니다. 제게는 '그 의미 있는 말'을 직접 듣고 품게 된 지난 2년간이 참으로 인상 깊은 시간이었습니다.

시인으로부터 시어가 갖는 의미를 자초지종 듣다 보니 '시의 서사성(詩의 敍事性, narrativity)'이란 말의 의미에 관심을 두게 되었습니다. 내담자의 '말'을 이해하기 위해 '말'을 듣는 정신분석 기술이 요청되듯, 시인의 시어를 이해하기 위해 시를 읽는 시의 기술이 필요하다는 것을 알게 되었습니다. 이런 과정에서 깨닫게 되는 것은 '대화를 한다는 것은 참 어렵구나!' 하는 것이 아니라 '대화는 인간이 할 수 있는 참 고귀한 것이구나!' 하는 것이었습니다.

상담에서 내담자의 말을 듣는 것은 내담자의 '서사(敍事)'에 참여하는 일입니다. 서사는 사건의 서술, 시간의 흐름에 따라 진행되는 이야기라는 의미로 자유연상을 통해 내담자가 말을 하면 들는 상담자는 그 흐름에 편승하여 그 말을 듣습니다. 이것을 '집중하지 않는 주목(attention flottante)'이라고 말합니다. 이 용어는 바닷물이 바람에 넘실댈 때, 배가 출렁이듯이 내담자의 말에 귀를 기울이는 상담자의 모습을 표현한 것입니다. 이처럼 서사는 있는 그대로를 말합니다.

서사는 '서술자(narrator)'에 따라 사건(실제)을 전달하는 방식이 다를 수 있습니다. 사건을 여과시켜 말하기도 하고 때로는 변조할 수도 있습니다. 그 변조가 심하여 허구에 가까울 수도 있습니다. 이렇게 되면 더는 '서사'가 아니라 '허구'가 됩니다. 문학에서는 서사와 허구를 대립적으로 볼 수 있습니다만 정신분석의 기법에서는 이 둘을 대립적으로 보지 않습니다. 오히려 동전의 양면처럼 봅니다. 정신분석기법에 따른 상담은 사실적인 서사도 중요하지만 어쩌면 허구적 서사에 더 의미를 둡니다.

왜냐하면, 그것을 통해 불안이 드러나고 환상적 요소가 모습을 보이기 때문입니다. 정신분석 기법은 일사천리로 말하는 내용보다도 머뭇거리면서 말하기 또는 감정조절의 차이를 보이는 말하기 등에 방점을 둡니다. 내담자가 그렇게 하는 이유는 그 지점에서 심적 저항을 받기 때문인데, 거기서 어떠한 억압이 작용하는지를 찾을 수 있고 그로부터 해결점을 찾을 수도 있습니다.

정신분석학(精神分析學, Psychanalyse)을 공부해 보면 대화에 흥미를 갖게 되고 대화 상대에게도 관심을 두게 됩니다. 대화의 유형 중에는 골방에서 자신과 은밀하게 이야기하는 '독백'도 있고 신과 대화하는 '기도'도 있습니다. SNS에는 하나의 글을 남기면 누군가가 댓글을 남기지만, 이런 대화 형태에는 응대하는 타자의 흔적이 나타나지 않습니다. '대화'가 대화인 것은 한문의 표기 '對-話'가 보여 주듯이 '상대(짝)-말', '대답하다-이야기하다'이기 때문입니다. 말에 대응하는 말, 주체의 말에 대답하는 타자의 말이 나타납니다.

그러나 댓글이 달렸다고 모두 대화라고 보기는 어려울 것입니다. SNS의 형식이 말의 대응을 잘 볼 수 있도록 설계되었지만, 말에 대응하는 말이 없다는 여론의 소리를 듣습니다. 용량 면에서 엄청난 분량의 말이 생산되고, 분석 면에서 그것을 '빅데이터'라는 기술로 치밀하게 분석하고 있습니다. 하지만 '대화가 빈곤하다', '외로움이 사무친다'는 보고를 뉴스 지면을 통해 빈번하게 접하면서 살고 있습니다.

그렇다면 눈에 보이는 댓글이 달리지 않는 '독백'이나 '기도'는 어떻게 보아야 할까요? 내가 나에게 댓글을 달 수 있을까요? 신이 나에게 댓글을 단다면 어떤 방식을 통해 할까요? 프로이트식 정신분석학은 '나르시시즘(Narcissism)'이라는 심리 기제를 고안하였습니다. 제1차 나르시시즘은 내 안에서 작동하는 성욕동이고, 제2차 나르시시즘은 나와 대상 간에 작동하는 성욕동입니다. 이 둘을 합쳐서 욕동의 이원성이라고 부릅니다. 내가 나의 대상이 된다면 그것은 제2차 나르시시즘에 속할 것입니다. 그런 면에서 본다면, 나는 나의 말상대가 되어 나에게 댓글을 달 수 있을 것입니다.

　프로이트식 정신분석에서 이것이 가능한 것은 그가 자아(=나)를 두 개로 구분하기 때문입니다. 그 하나는 '비판 당하는 자아(Critique du moi)'이고 또 하나는 '정체화된 자아' 또는 '정체화로 인해 변화된 자아(moi modifié par l'identification)'입니다. 전자가 금지된 자아라면 후자는 욕망하는 자아입니다. 전자의 자아가 나의 말상대가 되지 못하고 억압된다면, 후자의 자아는 나의 말상대가 되어 욕망을 추구합니다. '비판 당하는 자아'의 의지가 억압되고 상대에 예속된다면, '정체화로 인해 변화된 자아'의 의지는 적극적인 모습으로 활동합니다. 이런 측면에서 볼 때, '비판 당하는 자아'의 의지로 독백이나 기도를 하는 경우와 '정체화로 인해 변화된 자아'의 의지로 독백이나 기도를 하는 경우를 구분해서 볼 수 있을 것입니다.

　예전과 달라서 요즘 시대는 환경도 나빠졌고, 그에 따라 몸도 건강하지 못하고 마음도 그렇습니다. 예전이라고 해 봤자 그리 길지도 않습니다. 우리가 어릴 때만 해도 지구의 환경이 이런 정도는 아니었습니다. 2017년 기준으로 볼 때, 흡연으로 조기 사망하는 자가 전 세계에서 6백만 명인 데 비해, 미세먼지(대기오염)의 경우는 7백만 명이 된다고 합니다. 지구가 이런 환경이 된 데는 물질적인 공해(公害)만 원인이 된 것은 아닙니다. 그 이면에는 물질공해를 양산한 정신공해도 무시할 수 없습니다. 이러한 면에서 정신공해를 무분별한 탐욕이라고 부를 수 있을 것입니다. 우리가 원하는 것을 좋은 방향에서 발전시킨다면 공해를 줄일 수 있습니다. 그러기 위해 우선 우리가 원하는 것이 무엇인지에 대해서도 생각해 봐야 합니다. 좋은 방향이 무엇인지도 생각해야 합니다.

우리가 원하는 것을 '욕망'이라고 부른다면, 욕망은 우리에게 유익을 주는 쪽에 서야 합니다. 그런데 우리에게 유익을 주지만 남에게 유익을 주지 않는다면 그것은 욕망이 아닐 것입니다. 모두에게 유익이 아닐 경우, 한쪽의 유익을 위해 또 한쪽의 유익은 포기되어야 하는데, 여기서 공해가 발생합니다. '스트레스'라고 불리기도 하는 이 공해는 우선 유익이 포기된 쪽에 부과되어 몸과 정신에 영향을 주고, 이어서 관계와 환경에 영향을 줍니다. 이런 연쇄가 거듭되면서 오늘에 이르게 되었습니다. '나비의 날갯짓이 태평양을 건너 태풍이 된다'는 나비효과처럼, 오늘 우리의 유익을 셈하는 행위는 인류에게 큰 유익이 될 수도 있고 해악이 될 수도 있습니다.

그래서 자신의 고민거리를 혼자만 갖고 있지 않고 남과 공유하여 도움을 받는다는 것은 참 중요합니다. 나의 문젯거리를 남은 어떻게 대처하는가를 듣게 되면, 선택지가 하나 더 늘게 되어 마음의 짐이 분산될 수도 있을 것입니다. 하지만 그 선택지가 자신의 마음을 반영하지 못할 경우, 우리는 어떤 다른 방법을 찾게 될까요? 지성이면 감천이라고 해서 진심으로 기도를 올리기도 할 것입니다. 기도는 기도 대상자(타자)에게 자신의 유익을 구하기도, 포기하기도 하는 마음을 염원(念願)하는 것입니다. 즉, 염원한다는 것은 마음속 깊이 생각하고 간절히 바라는 것을 타자에게 말하는 것입니다. 그 깊이와 간절함은 공간적인 면에서 보면 광활하며, 시간적인 면에서 보면 반복적입니다. 그렇기에 타자의 도움을 받는다는 것은 패스트푸드처럼, 나그네처럼 그저 빠르게 스쳐 지나는 관계에서는 충분하게 이루어질 수는 없다는 생각이 듭니다.

우리는 지금처럼 '빨리빨리'에 익숙했던 민족은 아니라고 생각됩니다. 자연이 기른 작물을 기다렸다가 힘을 모아 추수할 줄 알고, 그 산물을 시간을 두고 익히고 발효시켜 음식으로 사용해 왔습니다. 자연과 어울리는 집, 계절에 적합한 옷과 함께 즐기는 놀이, 이런 것을 대대로 지키며 살아왔습니다. 그런데 산업화가 진행되면서 그 흔적들이 사라지고 지금 땅은 우리의 것이 아닐 정도로, 정신도 우리의 것으로 볼 수 없을 정도로 훼손되고 뒤틀려져 있습니다.

이제 후회와 자각의 시간이 돌아왔습니다. 변해 버린 땅과 정신을 이전 상태 그대로 되돌릴 수는 없을 것입니다. 지금은 최선일 수 있는 모습으로 다시금 조정하는 일이 필요하다고 생각됩니다. 무너지는 데 걸린 세월의 무게보다 더한 몇 곱이 요구될 수도 있습니다. 여기서 개인적인 유익을 셈하고 타인의 탓으로 돌리는 악순환을 거듭한다면 우리는 어떤 미래를 맞게 될까요? 이 일의 출발은 무엇보다도 우리 문화의 정신줄을 복원하는 데서 시작되어야 하지 않을까 하는 생각을 하게 됩니다.

필자가 대학원에서 전공 영역으로 개설하고 있는 '정신분석학'은 가깝게는 '나의 역사'를 복원하는 일에 관계합니다. 즉, 이 학문은 외부에 의해 점령당했던 '나'(我)가 '나'로 독립해 가는 데 도움을 주고 있습니다. 나의 해방은 나의 억압을 확인하는 데서 비롯되고, 나의 회복은 나의 오염 정도를 검사하면서 이뤄집니다. 여기서 확인과 검사는 '말'(語)로 이뤄집니다. 우리가 사용하는 '말'은 공시적으로는 지금 우리의 모습을 담고 있고, 통시적으로는 우리 겨레의 혼과 줄에 닿아 있습니다. 그래서 '말'로 이뤄지는 정신분석은 우리 가족, 우리 부모, 우리 형제자매와의 관계 속에서 진행됩니다. 또한 우리의 땅과 역사와의 관계 속에서 진행됩니다. 요즘처럼 지구화의 시대에는 어느 땅, 어느 땅의 문화와의 관계 속에서도 진행됩니다.

'말'은 공간적인 측면에서나 시간적인 측면에서도 그 부피와 깊이가 끝이 없습니다. 정신분석학은 일상생활에서 밥 먹는 것보다, 물 마시는 것보다 많이 내뱉는 '말'을 공부합니다. 우리는 공기를 마시듯 '말'을 합니다. 이 '말'을 하찮게 보거나 무가치하게 본 결과, 현재의 처한 환경이 발생했다고 볼 수 있습니다. 앞서 '나비효과'처럼 '말'이야말로 그러한 현상을 쉽게 찾아볼 수 있습니다. 가깝게는 우리 속담에서 그 모습을 발견할 수 있습니다. 가령, '말이 씨가 된다'에는 말에 생명이, '발 없는 말이 천 리 간다'에는 운동력이, '음식은 갈수록 줄고 말은 갈수록 는다'에는 확장성이 있음을 보여 줍니다.

또한 '말'은 효과적인 측면을 넘어서 관계성과 경제성, 인격성 그 자체입니다. 속담이 그저 단편적으로 '가는 말이 고와야 오는 말이 곱다', '말 한마디로 천 냥 빚을 갚는다', '물이 깊을수록 소리가 없다'라고 말하는 듯하지만, 여기에는 정치와 경제가 들어있고, 국제 관계가 스며들어 있습니다. 또한 말은 '말이 아 다르고 어 다르다'처럼 맛을 갖고 있습니다. 그래서 '말'만 들어도 배가 부르다는 소리가 절로 나옵니다. 이처럼 '말'은 참 신묘합니다. 바로 이 '말'을 다루는 분야가 정신분석학입니다. 그래서 저는 앞에서 이 '말'을 '정신말'이라고 표현했습니다.

정신분석학을 실천적인 면에서 볼 때, '정신분석'이라는 공간에서 정신분석가가 손님(고객, 내담자)을 맞는 행위입니다. 이때 둘 간의 도구는 '말'입니다. 이생진 시인께서 "성산포에서는 사람이 슬픔을 노래하고 바다가 그 슬픔을 듣는다"(「그리운 바다 성산포」中)라고 읊으셨듯이, 정신분석을 할 때 손님은 말하고 정신분석가는 듣습니다. 또한 들으면서 말의 뜻이 명확해지도록 돕는 역할을 합니다. 손님은 자신이 하는 '말'에 담긴 의미를 다 아는 듯해도, 다 모르는 듯한 체험을 하게 됩니다. 그러면서 자신에 관해 알아갑니다.

낚시꾼이 잡을 물고기를 염두에 두고 낚싯바늘과 미끼를 고르는 기술을 발휘하듯이, 정신분석가도 손님의 '말'이 명확해지도록 돕기 위해 정신분석 기술을 사용합니다. 즉, 물고기가 미끼가 붙은 낚싯바늘을 물어야 하듯, 손님도 기술에 이끌려 자신의 '말'을 해야 합니다. 그런 면에서 손님은 의지를 갖고 분석을 수행하는 자입니다. 그래서 손님을 '분석수행자(analysant, 피분석가)'라고 부릅니다. 이런 과정을 거치면 손님은 '말'에 관한 새로운 세계를 경험합니다. 자신 안에 있던 일들을 말로 표현하면, 억압으로부터 해방되고 오염으로부터도 정화됩니다.

이러한 정신분석학 영역은 우리 곁에 항상 머물러 있었습니다. '말'을 귀하게 여기고, 사람을 자연 및 환경과의 관계 속에서 이해하는 우리 속담과도 매우 닮았습니다. 우리가 조상으로부터 전수받은 지혜로 이 영역을 '오늘-지금'의 자리에서 풀어내는 일은, 솜씨 좋은 어머니가 한 땀 한 땀 바느질하면서 헤어지고 헐거워진 우리의 정신줄을 새롭게 하는 일과도 같습니다. 천에 놓은 한 땀 한 땀은 분석가와 분석수행자가 주고 받는 정신말과도 같습니다. 그래서 우리는 솜씨 좋은 어머니와도 같은 정신분석가를 기대하고 있습니다. 이 일을 배우는 분이 많아지고, 이런 분에게 마음을 맡기는 분도 많아져서 몸도 마음도 행복하게 되시기를 소망합니다.

참고문헌

시란 도대체 무엇일까요?

Wilber, Ken, *No Boundary*. Shambhala Publication, Inc., 1979.

Huizinga, Johan, *Homo Ludens; A Study of the Play-Element in Culture*, 1938.

호이징하, 『호모루덴스』, 까치, 1981.

계간 『시와 함께』 창간호, 1998.

『논어(論語)』

시란 마음의 전복을 따는 일이었습니다

라캉, 자크, 『자크 라캉 세미나 11권-정신분석의 네 가지 근본 개념』, 새물결, 2008.

라캉, 자크, 『자크 라캉 세미나 01권-프로이트의 기술론』, 새물결, 2016.

소쉬르, 페르디낭 드, 『일반언어학 강의』, 민음사, 2006.

아퀴나스, 토마스, 『신학대전』, 성바오로출판사, 1985.

안셀무스, 켄터베리의, 『모놀로기온, 프로슬로기온』, 아카넷, 2002

파스칼, 『팡세』, 민음사, 2003.

플라톤, 『소크라테스의 변론, 크리톤, 파이돈, 향연』, 도서출판 숲, 2012.

마그리트, 르네, 「이미지의 배반(La trahison des images)」, 1929.

코수스, 조셉, 「하나와 세 의자(One and Three Chairs)」, 1965.

마주하신 본질이 무겁게 느껴집니다

라캉, 자크, 『자크 라캉 세미나 01권-프로이트의 기술론』, 새물결, 2016.

볼프, 한스 발터, 문희석 옮김, 『구약성서의 인간학』, 분도출판사, 1976.

프로이트, 『정신분석학의 근본 개념』, 열린책들, 2016

Lacan, J., *La relation d'objet et les structures freudiennes*, Seuil, 1994.

시인이 노래하신 갈매기의 이름이 궁금합니다

라콕, 앙드레 & 리쾨르 폴, 김창주 옮김, 『성서의 새로운 이해』, 살림, 2006.

몰트만, 위르겐, 이신건 옮김, 『희망의 신학』, 대한기독교서회, 2002.

민충환 엮음, 『한흑구 문학선집 - 탄생 100주년 기념』, 도서출판 아시아, 2009

블로흐, 에른스트, 박설호 옮김, 『희망의 원리(전 5권)』, 열린책들, 2004.

프로이트, 「신경증과 정신증(1924)」, 『정신 병리학의 문제들』, 열린책들, 2004.

충만한 이름을 지켜 내고 감당하는 현실이 있습니다

김주일 외, 『서양고대철학 1 - 철학의 탄생으로부터 플라톤까지』, 길, 2013.

백순진 작사/작곡, 「겨울바람」

아리스토텔레스, 유원기 옮김, 『영혼에 관하여』, 궁리, 2001.

윤동주, 『초판본 하늘과 바람과 별과 詩(윤동주 유고시집, 1955년 10주기 기념 증보판)』, 소와다리 초판본 오리지널 디자인, 2016.

파뇰, 마르셀, 조은경 옮김, 『마농의 샘 1, 2』, 펭귄클래식코리아(웅진), 2015.

풍요 속에서도 간절하게 궁핍을 원하는 이유는 무엇일까요?

강신주, 『상처받지 않을 권리』, 프로네시스, 2009.

이하준, 『고전으로 철학하기』, (사)한국물가정보, 2017.

정끝별, 『돈詩』, 마음의숲, 2014.

정민, 『한시미학산책』, 솔, 1996.

문화가 불편하고 불쾌하게 다가왔습니다

윤범모, 『한국미술론』, 칼라박스, 2017.

이정우, 『영혼론 입문』, 살림, 2003

호지, 헬레나 노르베리, 『오래된 미래』, 중앙books, 2007.

최열(편자), 윤범모(편자), 『김복진 전집』, 청년사, 1995.

프로이트, 『꿈의 해석』, 열린책들, 2004.

프로이트, 『정신분석학의 근본 개념』, 열린책들, 2004.

프로이트, 『문명 속의 불만』, 열린책들, 2004.

Groddeck G., *Ça et Moi - Lettres à Freud, Forenczi et Quelques Autres*, Editions Gallimard, 1977

Freud S., *Das Unbehagen in der Kultur, Leipzig, Wien et zurich*, Internationaler Psychoanalytischer Verlag, 1930.

Freud S., *Malaise dans la civilisation*, P.U.F, 1983.

Lacan J., *L'éthique de la psychanalyse*, Seuil, 1986.

시인은 다시 돌아온 첫사랑을 만나셨는지요?

강응섭, 『첫사랑은 다시 돌아온다』, 세창출판사, 2016.

보뱅/크리스티앙, 허정아 옮김, 『사랑은 죽음처럼 강하다』, 솔, 1997.